A reventar

Eric Walters

Traducido por
Eva Quintana Crelis

orca soundings

ORCA BOOK PUBLISHERS

*Para todos aquellos que toman
decisiones saludables en la vida.*

D.R. © 2006 Eric Walters

Derechos reservados. Prohibida la reproducción o transmisión total o parcial de esta obra por cualquier medio o método, o en cualquier forma electrónica o mecánica, incluso fotocopia o sistema para recuperar información, conocido o por conocerse, sin permiso escrito del editor.

Catalogación para publicación de la Biblioteca y Archivos Canadá

Walters, Eric, 1957-
[Stuffed. Spanish]
A reventar / por Eric Walters ; traducido por Eva Quintana Crelis.

(Orca soundings)
Translation of: Stuffed.
Issued also in electronic format.
ISBN 978-1-55469-861-5

I. Quintana Crelis, Eva II. Title. III. Title: Stuffed. Spanish.
IV. Series: Orca soundings
PS8595.A598S8818 2011   JC813'.54   C2010-908090-4

Publicado originalmente en Estados Unidos, 2011
Número de control de la Biblioteca del Congreso: 2010942201

Sinopsis: Ian decide hacerle frente a una cadena multinacional de comida rápida.

La editorial Orca Book Publishers está comprometida con la preservación del medio ambiente y ha impreso este libro en papel certificado por el Consejo para la Administración Forestal.

Orca Book Publishers agradece el apoyo para sus programas editoriales proveído por los siguientes organismos: el Gobierno de Canadá a través de Fondo Canadiense del Libro y el Consejo Canadiense de las Artes, y la Provincia de Columbia Británica a través del Consejo de las Artes de CB y el Crédito Fiscal para la Publicación de Libros.

Portada diseñada por Teresa Bubela
Imagen de portada de Getty Images

ORCA BOOK PUBLISHERS
PO Box 5626, Stn. B
Victoria, BC Canada
V8R 6S4

ORCA BOOK PUBLISHERS
PO Box 468
Custer, WA USA
98240-0468

www.orcabook.com
Impreso y encuadernado en Canadá.

14 13 12 11 • 4 3 2 1

Capítulo uno

Los créditos empezaron a subir por la pantalla. Detrás de los títulos había imágenes de gente: personas increíblemente obesas con rollos de grasa desbordando sus pantalones de mezclilla y camisetas; gente con triple mentón y vestida con ropa tan grande que podría servir como carpas de circo.

Se encendieron las luces y la Sra. Fletcher caminó hacia el frente del salón, apagó la televisión y el DVD.

—Fue un documental muy interesante —dijo.

Su título era *A reventar* y trataba sobre Frankie's, la gigantesca cadena de comida rápida. En la película aseguraban que toda la comida de Frankie's está llena de grasa y químicos, y que la gente que la come puede sufrir sobrepeso, mala salud general y enfermedades; en pocas palabras, según el documental la comida de Frankie's puede matarte.

—¿Comentarios? —preguntó la Sra. Fletcher.

—Fue repugnante —espetó Julia, una de mis mejores amigas—. ¡Simplemente repugnante!

—Fue bastante asqueroso —concordó Oswald. Él era mi *mejor* amigo.

Dos semanas atrás, Oswald podría haber estado de acuerdo o no con Julia.

A reventar

Ahora, todo el tiempo estaba de acuerdo con absolutamente todo lo que ella decía. Hacía dos semanas, él y Julia habían dejado de ser amigos y se habían vuelto novios.

—Me dio hambre —dijo Trevor y su comentario provocó un coro de carcajadas.

—¿Hambre? —preguntó Julia con una voz que sonaba no sólo sorprendida, sino hasta ofendida—. ¿Cómo puedes siquiera pensar en comer después de lo que acabamos de ver en el documental?

—Me gusta la comida de Frankie's —dijo Trevor—. Es sabrosa y grande... realmente grande... y a mí me gusta la comida abundante.

Por su aspecto, Trevor bien podría haber *aparecido* en el documental.

Julia abrió la boca para decir algo, pero la Sra. Fletcher la interrumpió y se dirigió al grupo:

—¿Qué opinan los demás?

Pensé que eso había sido muy astuto de su parte: interrumpir a Julia antes de que dijera algo sobre Trevor que probablemente todos estábamos pensando, pero que nadie debería decir en voz alta.

Otras personas se unieron al debate. El DVD estaba generando muchas opiniones. Y es que la verdad es que era un documental muy fuerte.

Todo giraba en torno a un hombre que no comía nada que no fuera de Frankie's: desayuno, almuerzo y cena, hacía todas sus comidas ahí. Salchichas, café, panqueques y croquetas de papa como desayuno; hamburguesas, papas fritas y aros de cebolla frita, Coca-Cola y cerveza de raíz como almuerzo y cena. Todos los días, tres comidas diarias durante sesenta días. Al final de la película el hombre estaba gordo, soñoliento y deprimido.

—¿Qué fue lo más interesante que aprendieron? —le preguntó la Sra. Fletcher a todo el grupo.

—Que le ponen azúcar a todo, hasta a las papas fritas y a los aros de cebolla —dijo una chica.

—Es increíble la cantidad de azúcar que comió ese tipo —dijo otro alumno—. ¡Era como una pequeña montaña!

En una escena de la película, habían apilado en una mesa una cantidad de azúcar equivalente a la que el hombre había comido en sesenta días. Era tanta que el azúcar había desbordado la mesa.

—¡Lo que más asco me dio fue toda esa grasa! —dijo Julia.

—¡Eso fue una cochinada! —concordó Oswald—. Y no lo digo como algo bueno.

Después de la escena del azúcar, habían mostrado frascos de vidrio llenos de una grasa espesa y viscosa, equivalente a la que el hombre había comido en los dos meses.

—Las dos escenas fueron unos excelentes testimonios visuales. ¿Cuántos de ustedes van a dejar de comer en Frankie's? —preguntó la Sra. Fletcher.

Tres cuartas partes de los alumnos levantaron la mano.

—Las personas que no levantaron la mano, ¿podrían explicar por qué el documental no los afectó de la misma manera que a los demás?

—La comida de Frankie's es la que sabe mejor —dijo un chico.

—Sí, sobre todo la hamburguesa triple con queso y tocino —concordó Trevor, cerrando los ojos como si se estuviera imaginando la hamburguesa. No me hubiera sorprendido ver un hilo de saliva corriendo por su barbilla.

De hecho también era mi hamburguesa favorita. A mí me gustaba, pero parecía que Trevor estaba *enamorado* de ella.

A reventar

—¿Serías capaz de comerte una de esas hamburguesas después de ver la película? —le preguntó Julia.

—¿Y por qué no? —contestó Trevor.

—¿Te quedaste dormido durante el documental? —le preguntó Julia entonces.

—Julia —le advirtió la Sra. Fletcher.

—Pero Sra. Fletcher, ¡es lo peor de todo el menú! —protestó Julia—. ¡Cada una de esas hamburguesas tiene más de mil doscientas calorías y más grasa de la que nadie debería comer en un día entero! ¡Ese tipo subió treinta y siete libras por culpa de esa hamburguesa!

—No fue sólo por las hamburguesas —dijo Trevor—. Y además, no dije que fuera a comer ahí todos los días.

—En eso Trevor tiene razón —dijo la Sra. Fletcher—. Ahora bien, este documental se concentró en una sola cadena de comida rápida, ¿qué me dicen de las demás?

—Todas son iguales —contestó Julia.

—¿Ah, sí? —preguntó la Sra. Fletcher.

—Claro que sí. Todas venden comida frita, grasosa y llena de azúcar.

—Así es, pero, ¿no es cierto también que las cadenas suelen ofrecer alternativas saludables? —dijo la Sra. Fletcher.

—Bueno...

—¿No es posible comprar ensaladas, fruta con yogurt, agua mineral y jugos en la mayoría de esos restaurantes?

—Supongo que sí —admitió Julia.

—Entonces, aunque en general las opciones no sean las mejores, en casi todos los restaurantes de comida rápida la gente puede comer de manera más o menos saludable.

—Pero no en Frankie's —dijo Oswald—. No tienen ninguna de esas cosas. Es como si se sintieran orgullosos de hacer comida que es mala para la salud.

A reventar

—En sus comerciales presumen de que ofrecen las porciones más grandes de papas fritas y de refresco, y también las hamburguesas más gigantescas —dijo alguien más.

—Ian —dijo la Sra. Fletcher, haciendo que me sobresaltara—. ¿Qué piensas de todo esto?

—¿Yo?

—Sí, tú. Has estado muy callado durante toda esta discusión.

—Tal vez haya aprendido que a veces es mejor mantener la boca cerrada —dije.

—A veces *sí* es mejor. Pero no en *mi* clase. Y por cierto, me alegra tenerte de regreso —dijo.

—Estoy contento de haber vuelto.

Era mi primera mañana en clase después de una suspensión de dos días. ¡Todavía no podía creer que me hubieran suspendido!

Conducta irrespetuosa es lo que decía en los papeles. Lo que eso significaba es que había tenido una discusión con mi maestro de derecho, el Sr. Phillips. Había cometido el terrible error de señalarle que no tenía idea de qué estaba hablando, que era un idiota.

El muy estúpido pensaba que, como era maestro de derecho, sabía algo de leyes. Mis padres eran abogados. Mi hermana y mis dos hermanos mayores eran abogados. En mi casa hablábamos siempre de leyes. Mis padres esperaban que yo también terminara abogado. Yo no estaba seguro de qué iba a ser, pero sabía muy bien lo que no iba a ser: abogado. Ni tampoco maestro de derecho.

A fin de cuentas, después de suspenderme la escuela aceptó que yo había tenido la razón y que Phillips se había equivocado. Por desgracia, tanto la escuela como mis padres concordaron en que probablemente no

debí haberle dicho que era un idiota...
aunque lo fuera. Mi padre dijo que si
no lo hubiera insultado, habrían luchado
contra la suspensión.

—Entonces, Ian, ¿qué te pareció
A reventar? —me preguntó la
Sra. Fletcher.

—Me gustó. Quiero decir, da en el
clavo en varios puntos. Explicó cosas
que yo no sabía. Ya no voy a comer en
Frankie's... tan a menudo.

—¿Tan a menudo? —preguntó
Julia—. ¿No querrás decir *nunca más*?

—Nunca más es mucho tiempo.
Además, a mí también me gusta la
hamburguesa triple con queso y tocino.

Julia me lanzó una mirada de asco.

—Yo nunca voy a comer en Frankie's
de nuevo —declaró—. Nunca jamás.

—¿Cuántos piensan como Julia?
—preguntó la Sra. Fletcher.

Esta vez sólo se levantaron cinco
manos. Noté que Oswald no había

levantado la suya. Por suerte para él, Julia no se dio cuenta.

—Así que casi todos ustedes piensan que comerán en Frankie's con menos frecuencia, pero sólo unos pocos han decidido no comer ahí de nuevo —dijo la Sra. Fletcher.

—Qué lástima que no sean más —dijo Trevor y todos lo miraron con sorpresa—. Sí, cuanta menos gente coma ahí, más cortas serán las filas para los que sigamos yendo.

Hubo más carcajadas. Mientras la Sra. Fletcher trataba de calmar a los estudiantes, la campana señaló el final de la clase.

—¡Pueden irse! —gritó la maestra—. Y por favor, ¡disfruten su almuerzo!

Capítulo dos

Al llegar a nuestra mesa de la cafetería, me senté y empecé a sacar las cosas de la bolsa de mi almuerzo. Un sándwich de pan integral con mantequilla de cacahuate y mermelada, una manzana, un par de galletas y una Coca-Cola. No estaba mal. Al menos no había nada frito o grasoso.

Julia sacó su bolsa. Yo sabía muy bien lo que habría adentro: ensalada, un sándwich de pollo o atún y una botella de agua. Muy rara vez comía algo que no fuera saludable, así que su amenaza de no comer nunca más en Frankie's no le iba a costar mucho dinero a la empresa.

—¿Dónde está Oswald? —preguntó.

Me encogí de hombros.

—A *mí* no me informa todos sus movimientos.

—¿Y eso qué quiere decir? —dijo Julia.

—Nada.

Nada de lo que fuera a hablar, pero la verdad es que ya me estaba hartando de cómo Oswald le besaba los pies, concordando con todo lo que ella decía, alabándola, haciendo como si le interesara muchísimo todo lo que contaba. Caramba, es horrible cuando los amigos se vuelven más que amigos. Oswald se portaba como un gallina y Julia ni siquiera se daba cuenta. O al menos hacía como que no se daba cuenta.

—Todavía no me repongo de que hayas dicho que podrías volver a comer en Frankie's —dijo Julia.

—Todo con moderación —dije—. Sócrates.

—Sócrates hubiera sido lo suficientemente listo como para no comer en Frankie's.

—No lo sé —dije—. ¿No murió por tomar veneno?

—Frankie's es veneno —dijo Julia—. No sé cómo no te das cuenta.

Por encima de su hombro pude ver a Oswald. Llevaba una bandeja. En la bandeja... ahí, a la vista de todos, llevaba una Coca-Cola, una hamburguesa y una orden de papas fritas. Empecé a sonreír.

—¿Crees que es gracioso? —preguntó Julia.

—Oh, no, no es nada gracioso. Es sólo que no puedes esperar que todos estemos tan convencidos como tú y Oswald.

—¿Convencidos de qué? —preguntó Oswald mientras ponía la bandeja en la mesa y se sentaba.

—Convencidos de que... —Julia dejó de hablar y abrió los ojos como platos, impresionada por lo que había en la bandeja de Oswald—. ¿Te compraste papas fritas?

—Y una hamburguesa, y creo que además tiene una orden de aros de cebolla... Me parece que las cebollas son verduras... ¿o no? —le dije a Oswald con tono de regaño.

—¿Cómo... cómo pudiste? —dijo Julia, y por su voz era como si Oswald hubiera pateado a un cachorrito o la hubiera engañado.

Él parecía francamente confundido.

—No hice nada malo. Sólo estaba comprando mi almuerzo y...

—de repente entendió lo que pasaba—. ¡Pero no lo compré en Frankie's!

—No importa dónde lo compres. ¡Todo es veneno!

—No te olvides de los aros de cebolla. Las cebollas son una… —dije.

—¡Cállate, Ian! —me atajó Julia—. No vas a comer eso, ¿verdad?

—Yo… yo… supongo que no… Pero tengo hambre —replicó Oswald.

—¿Quieres cambiar? —le pregunté.

—Gasté cinco dólares en esta comida —dijo Oswald.

—Pues debiste haber gastado tu dinero en un plato de fruta, en una ensalada o en un yogur y un jugo —dijo Julia—. Sabes que en la cafetería venden todo eso, ¿no?

—Sí, claro, lo sé —dijo Oswald.

—¿Entonces?, ¿quieres cambiar o simplemente tirarlo todo? —le pregunté.

Oswald sacudió lentamente la cabeza y frunció el ceño.

—Podemos cambiar —dijo.

Empujó la bandeja hacia mí y yo le pasé mi almuerzo.

—¡Ya le diste una mordida! —exclamó, levantando el sándwich.

—Perdón. No sabía que íbamos a cambiar. ¿Quieres unas papas? —le pregunté, acercándoselas. Todavía estaban calientes y olían muy bien.

—No, gracias.

—No me digas después que no te ofrecí.

—Le estaba diciendo a Ian que nunca más voy a comer en Frankie's —comentó Julia—. Y le dije que no era la única. Tú tampoco vas a comer ahí de nuevo, ¿verdad? —le preguntó a Oswald.

—No, claro que no.

Hice un gesto como de que lo estaban azotando con un látigo… y así era. Julia no se dio cuenta, pero Oswald sí y al parecer se sintió avergonzado.

—Pero sí piensas comer en los otros lugares de comida rápida, ¿verdad? —pregunté, apretando un poco más los tornillos.

—Tal vez… alguna vez… pero sólo las cosas saludables… en general —dijo Oswald.

—Me sorprende que no te estés volviendo vegetariano, como Julia —estaba disfrutando mucho ver cómo se retorcía.

—Ya no estoy comiendo tanta carne —dijo Oswald.

—¿En serio? Yo estoy a un paso de ser vegetariano —dije yo.

—¿De verdad? —me preguntó Julia.

—Sólo como animales que *son* vegetarianos.

—¡A veces eres tan estúpido! —exclamó Julia.

—¿A veces? Entonces estoy mejorando, porque en general dices cosas peores de mí. Además, si te pones a pensar, estoy comiendo *papas* fritas y aros de *cebolla,* y dudo mucho que de verdad haya carne en esta hamburguesa.

—Ya en serio —dijo Julia—, ¿me estás diciendo que la película no te afectó para nada?

Le di un buen mordisco a la hamburguesa, mastiqué lentamente y tragué antes de contestar.

—Creo que fue muy fuerte y entiendo de verdad que alguien decida no comer ahí nunca más, o al menos no tan a menudo. Yo no creo que vaya a aparecerme por Frankie's durante una buena temporada.

Julia dejó escapar una sonrisa de satisfacción.

—Quisiera saber qué piensan en Frankie's de la película —dijo Oswald.

—Yo diría que no están contentos. Nada, nada contentos —dijo Julia.

Sacudí la cabeza.

—No creo que les importe en lo más mínimo.

—¿Cómo puedes decir eso? —preguntó Julia.

—No es más que un pequeño documental que casi nadie va a ver. ¿Alguno de ustedes sabía algo de la película antes de hoy?

Los dos negaron con la cabeza.

—No estuvo en los cines y dudo mucho que podamos rentarla en un Blockbuster. Frankie's es una empresa multinacional multimillonaria con miles de franquicias. ¿De verdad creen que les puede importar que unas pocas personas decidan no comer ahí tan a menudo?

Julia no contestó enseguida, lo que significaba que sabía que yo tenía razón y que no quería admitirlo.

—¿Y bien? —la presioné.

—No puedo controlar lo que los demás hacen o dejan de hacer —dijo Julia.

Aparte de Oswald, pensé, pero no lo dije en voz alta. Sabía dónde estaba la línea que no podía cruzar, aunque eligiera hacerlo de vez en cuando. Tomé un par de papas fritas y me las metí a la boca de un golpe. De verdad que no eran tan buenas como las de Frankie's.

Capítulo tres

—Bueno, pues creo que eso concluye el asunto —dijo mi padre mientras se levantaba de la mesa del comedor, tomando sus platos.

—Me alegra que estés de acuerdo —dijo mi madre—. Y creo que el hecho de que seas capaz de admitir la derrota es una señal de que estás madurando.

—¡Derrota! —exclamó mi padre, dándose la vuelta de golpe—. ¡La única derrota aquí es la tuya! ¡Yo defendí mi posición con completo éxito y expuse las fallas de tu caso!

—No hay ninguna falla en mi caso. Tal vez lo que ocurre es que mi lógica es demasiado refinada como para que tú la comprendas —dijo ella.

—¿Podrían parar de una vez? —exclamé, interrumpiéndolos antes de que pudieran seguir.

Mi padre pareció sorprendido por mi arrebato.

—No es más que un debate amistoso —dijo.

—Sí, un saludable intercambio de ideas —agregó mi madre.

—No, claro que no. Están llevando a cabo todo un juicio. Lo único que necesitan es un juez y un jurado para llegar a un veredicto.

—Un juez —dijo mi padre—. Eso estaría muy bien.

Miró a mi madre y enseguida los dos voltearon a verme y sonrieron.

—Yo no voy a ser el juez —dije, entendiendo lo que se le había ocurrido a mi padre.

—¿Por qué no? —me preguntó él—. Confiamos en tu juicio y ya oíste nuestros argumentos.

—Escuché *parte* de lo que dijeron. A ratos me puse a pensar en otras cosas.

—Todavía mejor —dijo mi padre.

—¿Cómo va a ser eso mejor?

—La mitad de los jueces ante los que me he presentado se han quedado dormidos en el estrado.

—No importa. No voy a dar un veredicto. ¿No podríamos alguna vez tener una conversación durante la cena que no terminara en un juicio?

Mi madre se levantó y comenzó a ayudar a mi padre a levantar la mesa.

—Supongo que este tipo de discusiones son gajes del oficio. Si tus padres fueran médicos en lugar de abogados, estaríamos hablando de medicina.

—De hecho, si los dos fuéramos médicos, ni siquiera *estarías* aquí —dijo mi padre.

—En eso tiene razón, Ian.

Mis padres se habían conocido en un tribunal. Él era el abogado de una de las partes y ella era la abogada de la otra. Comenzaron a discutir en la corte, siguieron discutiendo más tarde, cuando fueron a tomar un trago amistoso, y no dejaron de discutir hasta que se casaron, seis meses después. Establecieron un bufete: Cheevers y Cheevers. Ahora eran los abogados litigantes más conocidos (y temidos) de la ciudad.

—¿Quieres lavar o secar? —preguntó mi madre.

—Haré lo que tú quieras —contestó mi padre.

Ella le pasó un brazo por la cintura y le dio un beso en la mejilla. La gente que no los conocía y que los oía discutiendo entre sí podría pensar que se odiaban, pero no era así. Estaban casi enfermizamente enamorados. Veintisiete años de matrimonio y cuatro hijos después, todavía se tomaban de las manos y se reían de las malas bromas del otro.

Me levanté y tomé mis platos.

—Sería agradable tener alguna vez una discusión familiar normal durante la cena.

—¿Qué quieres decir? —me preguntó mi padre.

—Ya sabes, hablar de lo que hay en la televisión, de una película o de lo que hice en la escuela.

—¿Qué *hiciste* hoy en la escuela? —me preguntó mi madre.

—Nada.

—Gracias por compartirlo —bromeó mi padre.

—Podríamos simplemente hablar. Sobre todo cuando tenemos visitas. Puede ser confuso para los invitados.

—A Julia nunca parece molestarle —dijo mi padre—. Creo que se divierte con nuestras discusiones.

—A Julia le gusta discutir mucho más que a ustedes dos —dije.

—Es verdad que disfruta de un buen debate. Esa chica podría ser una excelente abogada.

Era el mayor cumplido que mi padre podía dar. El hecho de que yo no quisiera seguir la tradición familiar les molestaba, aunque no dijeran mucho al respecto.

—Hablando de Julia, no la hemos visto mucho últimamente. Hace semanas que no viene a cenar —dijo mi madre.

—Creo que esta noche fue a casa de Oswald.

—¿De Oswald? Tampoco lo hemos visto a él en los últimos tiempos —siguió mi madre—. No será que dijimos algo que les molestara, ¿verdad?

Sacudí la cabeza.

—De hecho, fue por algo que Oswald le dijo a Julia. Le dijo: "¿Quieres ir al cine?… ¿y quieres ser mi novia?".

—¿Julia y Oswald son pareja? —preguntó mi madre.

—Supongo que así se dice.

—¿Desde cuándo?

—Oficialmente, desde hace como dos semanas —dije, aunque lo que en realidad quería decir era "desde hace demasiado tiempo".

—Es curioso, no me los imagino juntos —dijo mi padre.

—Yo tampoco —concordó mi madre.

Entendía su punto de vista. Ni siquiera después de haberlos visto juntos me los podía imaginar como pareja.

—Siempre pensé que Julia iba a terminar contigo —comentó mi madre.

—¿Conmigo? —exclamé.

—Ajá, yo pensé lo mismo —dijo mi padre.

—¡Pero Julia y yo nos la pasamos peleando! —discutí.

—Eso suena a lo que hacemos tu madre y yo —dijo mi padre con una risita.

—Tenía visiones de que algún día le cambiaríamos el nombre al bufete, de Cheevers y Cheevers a Cheevers y Cheevers y Cheevers y Cheevers y Cheevers.

Negué con la cabeza.

—¿Por qué no mejor volvemos a discutir asuntos legales? —dije.

Los dos se rieron.

—No hay nada malo en un pequeño y saludable debate —comentó mi padre.

—Eso díselo al Sr. Phillips —murmuré entre dientes.

—El debate saludable terminó cuando lo insultaste —dijo mi madre con firmeza.

—Si nosotros le hubiéramos dicho alguna vez a un juez lo que tú le dijiste a tu maestro, nos habrían encarcelado por desacato.

—¿Qué le habrían dicho ustedes a un juez que hubiera cometido un error tan obvio como el de Phillips? —pregunté.

—Le habría señalado su error cortésmente —contestó mi padre.

—¿Y si no te hubiera hecho caso?

—Bueno…

—No lo habría insultado —dijo mi madre—. Tu padre habría apelado para impugnar el error del juez.

—Pero yo no tenía nadie a quién apelar.

—La directora nos explicó que podrías haber hablado con ella para tratar de resolver la situación —dijo mi padre.

—¡La directora es todavía más idiota que Phillips!

—Esta discusión no nos está llevando a ninguna parte. Como yo estoy lavando y tu padre está secando, ¿qué tal si tú guardas las cosas?

—¿Qué te parece si termino la tarea primero?

—Supongo que eso tiene sentido. El testigo puede retirarse.

Capítulo cuatro

Bajé a mi cuarto. Me había cambiado de habitación hacía poco tiempo: de una del piso de arriba, donde estaban todas las demás, a una en el sótano que solía ser un cuarto para invitados. Abrí la puerta unas pocas pulgadas. No podía abrirse mucho más por todo lo que había en el suelo. Me apretujé para pasar por el resquicio y cerré muy bien la puerta.

Absolutamente toda mi ropa estaba esparcida por el suelo. Las únicas excepciones eran un traje que usaba en bodas y funerales (que estaba colgado en el armario) y una canasta en la que había un poco de ropa recién lavada. La canasta estaba al pie de mi cama.

Para el observador desinformado mi cuarto podría parecer un completo caos, como si acabara de ser saqueado y puesto patas arriba o como si un pequeño tornado interior hubiera arrasado con todo. Nada de eso había ocurrido. Había un sistema en funcionamiento. Los suéteres, las sudaderas y las camisetas de manga larga estaban en la esquina izquierda, junto a la ventana. Las playeras estaban del otro lado, en la esquina derecha. Los pantalones, largos y cortos, ocupaban la esquina más cercana, frente al armario, y los calcetines y la ropa interior estaban en la última esquina. Los cuatro grupos de ropa se extendían desde sus respectivos lugares de descanso y se encontraban, un poco como fusionándose, justo en el centro de la habitación. Y ahí me paraba cuando me vestía. Todo estaba a mi alcance. Había, como ya dije, un sistema.

Mi madre tenía otras palabras para describirlo, pero teníamos un trato: era mi habitación y yo podía tenerla como quisiera, siempre y cuando ella no tuviera que verla. Era por eso que la puerta siempre estaba cerrada. La verdad es que no me hubiera molestado dejarla abierta para que se hiciera una corriente de aire con la ventana. A mi cuarto no le hubiera venido nada mal un poco de ventilación.

Yo sabía que mi madre sabía el estado en el que estaba mi cuarto. Y ella sabía que yo sabía que ella sabía, pero todavía no había dicho ni una palabra… al menos hasta ahora. Era algo así como un juego entre los dos. Corrección: era como un juego que *yo* estaba jugando y en el que ella era jugadora involuntaria.

Me senté frente a mi escritorio y moví algunos platos para poder esparcir mis libros. Tenía una tarea de ciencias computacionales para la siguiente semana. Ya casi había terminado. Técnicamente, cuando les dije a mis padres que tenía tarea en realidad no había nada que tuviera que hacer enseguida. Cuando tenía tarea me dejaban escapar de las tareas domésticas. Siempre había algo que podía hacer, o hacer como que hacía, para no ocuparme de los platos.

La verdad era que si seguía acumulando platos en mi cuarto, muy pronto no iba a quedar nada para lavar en la cocina. En mi último cálculo había contado veintisiete cuencos, tazas, platos y vasos por toda la habitación. Cada uno tenía distintos tipos y cantidades de comidas y bebidas. Algunos de ellos llevaban tanto tiempo ahí que ya se habían convertido en interesantes experimentos científicos. Me sentía fascinado por la variedad de formas y colores de moho y hongos que podían crearse. Consideraba que todo eso era mi propia versión de un jardín interior de bajo mantenimiento. Algunas personas plantaban rosas: yo cultivaba organismos que eventualmente podrían convertirse en un nuevo antibiótico. La única desventaja era que algunos estaban empezando a oler en serio. Y realmente que no olían a rosas. Tal vez debería considerar llevar algunos platos a la cocina la próxima vez que subiera.

Eso haría feliz a mi madre. La otra noche le había preguntado a mi padre, cuando yo estaba cerca, si sabía adónde iban a parar todos los platos que "estaban desapareciendo". Él contestó que "no tenía idea". ¡Oh, vamos!, todos sabíamos que se escondían en mi cuarto.

Tomé el control remoto y prendí la TV. Pasé a toda velocidad por los canales, buscando lo que quería. Ahí estaba, en el canal 47: *Los Simpsons*. En un instante reconocí el episodio, pero claro, podía reconocer todos los episodios porque los había visto todos al menos una docena de veces. Con todos esos canales de especialidades que había, estaba esperando poder suscribirme muy pronto al *Canal de Los Simpsons*.

La verdad es que era como si ya lo tuviera. Si buscas en todos los canales, parece como si hubiera un episodio de *Los Simpsons* en alguna parte casi todo el tiempo.

Tomé un segundo control remoto, el de mi estéreo, y encendí el aparato. Elegí un CD y la música comenzó con un golpe seco muy fuerte, haciendo que me sobresaltara. Bajé el volumen. No podía tenerlo muy alto porque necesitaba oír *Los Simpsons* al mismo tiempo. De alguna forma la letra del rap (uno de mis favoritos, de Sage Francis) funcionaba muy bien con las escenas de la pantalla. Era casi como si Bart estuviera escuchando la música mientras estaba sentado en su cuarto con una pierna rota, mirando a través del telescopio. Volteé a ver mi ventana. Las cortinas estaban abiertas y tuve la loca idea de que tal vez Bart estaba escuchando a Sage Francis y viendo hacia mi ventana.

Moví el ratón y la computadora volvió a la vida. Abrí el archivo donde estaba escribiendo mi tarea de ciencias computacionales. Después abrí el libro de texto en el lugar correcto. Ya casi había terminado. Lo único que tenía que hacer era escribir un punto más y las conclusiones. Claro que "casi terminado" y "felizmente terminado" son cosas distintas. El proyecto era sobre el uso del correo electrónico en la comunicación masiva. Ya tenía toda la parte técnica, todo lo del libro de texto, pero el ensayo era pesado y aburrido. Necesitaba animarlo un poco, pero no sabía cómo.

Mis dedos se apoyaban en las teclas, pero no parecía que nada fluyera hacia ellos. No se me ocurría qué escribir. No parecía capaz de concentrarme. Entonces me di cuenta de lo que me hacía falta.

Arrastré el cursor hasta la esquina inferior de la pantalla e hice doble clic en el ícono de MSN. La pantalla se abrió para revelar mi dirección de Hotmail y una segunda línea para mi contraseña. La escribí: S...o...m...b...r...a. *Sombra*, el nombre de mi perro. Había leído en alguna parte que los nombres de los hijos y de las mascotas y las fechas de cumpleaños son las primeras tres

A reventar

cosas que los *hackers* intentan cuando están tratando de introducirse a tu cuenta. Pensé que si alguien estaba tan desesperado como para sabotear mi correo electrónico, no iba a hacérselo demasiado difícil; obviamente el pobre ya tenía suficientes problemas.

Presioné la tecla *enter* y la pantalla se llenó con mi lista de contactos. Bajé sobre los nombres para ver quién estaba en línea. Ahí estaba Oswald, *El mago de Ozzie*, y también Julia, *La joya real*.

Contacté primero a Oswald.

hola Oz, q tal?, escribí.

bn, tú?, contestó.

normal. q haces?, pregunté.

nmpr. Su caligrafía, que significaba: "no mucho, pasando el rato".

slmos a comer algo + trd?, pregunté.

adónde?, preguntó.

a frankie's :-).

eres cruel, contestó.

41

tal vez cruel, ¡pero n arrastrado! qrs ver si J qirir con nos. n es gracioso. TQI, escribió.

adónde tienes q ir?, le pregunté.

cena. no a frankie's. regreso después.

Hice clic en el nombre de Julia y su ventana se abrió. Junto a su nombre había una caricatura de un galgo. Julia estaba tratando de convencer a sus padres de adoptar un galgo ex corredor de carreras para que le hiciera compañía a sus dos caniches. Yo le dije que había una línea muy fina entre ser una persona que tiene perros y ser un fanático de los perros que vive solo, nunca se casa, usa pantuflas peludas por su vecindario y habla solo. Esa línea la marcaba el tercer perro.

hola, J, q haces?

Su respuesta llegó enseguida:

nm, tú?

tarea. todavía pensando en frankie's?, escribí.

acbo d salir d un chat rm, mxa gnt piensa q frankie's es un horror, piensa en n comer sus xquerías.

n los culpo, yo nunca como las xquerías de nadie: mal sabor d boca.

Ja, ja, ja

Ja, ja, ja. Eso me hizo sonreír. Me alegró que le pareciera gracioso. Tanto Julia como Oswald habían dado una curiosa vuelta por el lado serio desde que habían empezado a salir juntos.

sabes q me molesta + de frankie's?, le pregunté.

q qire envenenarte?, contestó Julia.

sus trucos, contesté.

n entiendo.

estúpidos juguetes de plástico, zonas de juegos… todo para lograr q comas ahí. enredan a los niños peqños, expliqué.

ya. algo así como darles cigarros de chocolate a los niños para q se vuelvan fumadores.

x-acto! esta gnt q dirige la empresa vive en ksas enormes con autos caros xq enreda a gnt boba para q coma en frankie's. n me gusta q me enreden.

prefieres q t envenenen a q t enreden, escribió Julia.

sí. q solución hay?

kisiera q to2 supieran q hacen las 2 cosas y q ya n comieran ahí.

q puedes hacer?, pregunté.

n mxo. hablar con amigos. decirles q n vayan. sta noche se lo dije a 5 personas en msn.

alguna te escuchó?, escribí.

3 de ellas TQI NV.

NV.

Su pantalla se cerró y regresé a mi lista de contactos. Bajé con el cursor: había ciento dieciocho. Revisé quién estaba en línea en ese momento. Había ocho personas de la escuela; un par de compañeros de mi equipo de baloncesto; mi primo Sean, que vive en la costa este; estaba Barbie, que en MSN usaba el nombre *foxxxxy lady*. Decía que vivía en California y que tenía mi edad, y además que era muy guapa. Yo no sabía si algo de eso era cierto, pero me gustaba hablar con ella. Ni siquiera estaba seguro de cómo me había conectado con ella por primera vez, pero las listas de contacto suelen ser así de raras. En tu lista puedes tener a alguien que vive a la vuelta de la esquina o al otro lado del mundo. De verdad que era muy raro cómo nos conectábamos todos.

Y entonces me golpeó como un rayo. Era una idea tan extraña que tal vez podría funcionar.

Capítulo cinco

Me senté en la cafetería frente a Julia y a Oswald. Estaban tomados de la mano bajo la mesa. ¡Qué bonito! No, corrección: qué estúpido. Oswald estaba luchando por abrir su caja de leche sólo con la mano izquierda. ¿Creería que si la soltaba Julia se iría flotando?

—Déjame a mí —le dije y me estiré sobre la mesa y abrí la caja.

—Gracias —musitó.

—Avísame si se te desatan los cordones de los zapatos. Atarlos con una sola mano es todavía más difícil.

Aunque Oswald parecía avergonzado, no soltó la mano de Julia. Ella simplemente ignoró mi comentario.

—He pensado mucho en Frankie's —dije.

—Seguro que mientras tanto se te caía la baba —dijo Julia.

—Tal vez un poco —admití.

—No sé cómo puedes pensar siquiera en comer ahí —dijo, con una voz apropiadamente asqueada.

—Para ser franco, estaba pensando en cómo lograr que la gente deje de comer en Frankie's.

—¿De verdad? —Julia se inclinó hacia mí sobre la mesa.

Asentí.

—Tengo una idea.

—¿En serio?, ¿qué idea? —me preguntó.

—Antes de contárselas, tengo que darles algunos antecedentes.

—Muy bien, habla.

—Para empezar, no es realista esperar que la gente no vuelva a comer en Frankie's nunca más —dije.

—¡No veo por qué no! —discutió Julia.

—Hay muchas razones. A veces no hay otro lugar donde almorzar o es el lugar donde tu padre quiere ir a comer, o tal vez porque, hay que reconocerlo, algunos de sus platillos simplemente saben muy bien.

—Si el veneno tuviera buen sabor, ¿te lo comerías? —preguntó Julia.

—Probablemente sólo una vez —respondí—. El caso es que a mucha gente le gusta Frankie's. Es posible que sus papas fritas sean las mejores que hay. Hasta Oswald estaría de acuerdo con eso —dije, haciéndole un gesto.

Abrió mucho los ojos y la boca. No supe si sentía miedo o confusión. Tal vez lo que lo confundía era por qué le tenía tanto miedo a Julia.

—Vamos, Oswald, sólo contesta la pregunta… con honestidad.

—Bueno… hacen unas papas excelentes.

Julia le lanzó una dura mirada y después cruzó los brazos. Le había soltado la mano, obviamente. Tal vez era eso lo que asustaba a Oswald.

—Bueno —dije, cortando la tensión—, lo que sí es realista es pedirle a la gente que coma menos en Frankie's o lograr que Frankie's mejore su comida.

—No comer ahí jamás es comer menos —insistió Julia.

—Pero no es realista. Sugiero que elijamos un día, un solo día, y que ese día no comamos ahí.

—¿Eso es lo que querías decirnos? —preguntó Julia, incrédula—. ¿Tu idea era que no comiéramos *un día* en Frankie's?

—Es parte de mi idea.

—¡Pues sí que es una idea estúpida! Hay muchos días en que la gente no come ahí. El tipo del documental es la única persona del mundo que comía en Frankie's todos los días.

—Mi plan no es estúpido. Sólo deja de hablar un minuto y escúchame. No estoy hablando de que tú, Oswald y yo dejemos de comer en Frankie's. Me refiero a *toda la gente*.

Julia resopló. Fue un resoplido muy femenino… si la dama en cuestión fuera una cerdita.

—Entonces, ¿debería subirme a la mesa y gritar la orden de que está absolutamente prohibido comer en Frankie's el próximo martes? —se burló Julia.

—Déjame ver... ejem... no... no y no otra vez. —Hice una pausa para generar un efecto dramático—. Primero, no va a ser una orden, sino una invitación. Segundo, el martes es demasiado pronto. Estaba pensando en que fuera de este viernes al otro. Y tercero, no estoy hablando de toda la gente que está aquí —dije, haciendo un movimiento que abarcaba a la cafetería entera—. Estoy hablando de *toda la gente*, en *todas partes*.

—¿A qué te refieres? —preguntó Oswald.

—Me refiero a toda la gente... la de aquí... la de allá... la de todas partes.

—Sí, claro, como si conociéramos a toda la gente —dijo Julia.

—Tú no, pero sí conoces a alguien que conoce a alguien que conoce a alguien más que conoce a toda la gente del planeta *entero*.

Julia parecía confundida. Oswald parecía aún más confundido que de costumbre.

—Miren, ya saben del proyecto en el que estoy trabajando para ciencias computacionales —dije.

—Es sobre la Internet, ¿no? —dijo Oswald.

—Es sobre cómo puede usarse la Internet para propagar un mensaje —expliqué.

—¿Y piensas que si mandamos unos cuantos mensajes podemos convencer a nuestros amigos de que no coman en Frankie's? —preguntó Julia—. Ya les dije a unas nueve o diez personas en MSN anoche que la comida de Frankie's es veneno.

—Estoy hablando de la Internet y del MSN, pero no me refiero a unas cuantas personas —expliqué—. ¿Cuánta gente tienes en tu lista de contactos? —le pregunté a Julia.

—No me acuerdo muy bien, pero tal vez unas ciento cuarenta o ciento cincuenta.

—¿Y tú, Oswald?

—Ochenta o noventa.

—Yo más o menos igual. Pues bien, ¿qué tal si los tres enviamos un correo electrónico masivo, como una explosión, a todos nuestros contactos? En esa onda expansiva mandamos un mensaje en el que explicamos por qué la comida de Frankie's es mala y les pedimos a todos que no vayan a comer ahí ese viernes.

—De este viernes al otro, ¿verdad? —dijo Oswald.

—No tiene que ser ese día, pero pensé que podría funcionar. Podemos llamarlo *Viernes sin Frankie's*.

—Suena pegadizo —dijo Oswald.

—Por eso pensé en que fuera un viernes. Queda bien que haya tantas *ies*.

—Muy bien, así que yo envío una onda expansiva a ciento cuarenta personas y ustedes mandan otros noventa mensajes cada uno… ¿y luego qué? —preguntó Julia—. Eso da como trescientas veinte personas… menos, de hecho, porque tenemos mucha gente en común en nuestras listas de contactos, así que algunas personas recibirían tres mensajes, uno de parte de cada uno de nosotros.

—Es cierto que tenemos mucha gente en común —concordé—. Creo que sólo unas cuarenta personas de cada una de nuestras listas serían distintas de las de los demás.

—¿Piensas entonces que ciento veinte personas van a hacer alguna diferencia? —preguntó Julia.

—No, estaba pensando en menos gente aún. Es probable que la mitad de esa gente borre el mensaje de inmediato y lo ponga en su papelera.

—Pues entonces es una pérdida de tiempo —dijo Julia.

—No, es un *comienzo*. ¿Qué tal si esas sesenta personas que sí responden les envían una onda expansiva a todos los contactos de *sus* listas? Sesenta personas con cuarenta contactos cada una, daría un total de 2400 personas. Y después, si la mitad de esas personas les escribieran a cuarenta personas más, habría 48 000 contactos que recibirían el mensaje.

—Eso no puede ser cierto —dijo Oswald.

—Sí lo es. Miren. —Saqué un pedazo de papel de mi bolsillo y lo desdoblé—. Pueden confirmarlo.

Oswald y Julia analizaron mis cálculos.

—Y ya ven que para la sexta generación, es decir la sexta vez que se propaga, el mensaje podría llegar a 384 *millones* de personas.

Julia volteó a verme.

—Esto de verdad podría funcionar, ¿verdad?

—Si el mensaje llegara a todas esas personas, aunque sólo algunas de ellas escucharan, podríamos hacer una diferencia en el número de gente que come en Frankie's. Podríamos lograr en serio que fuera un *Viernes sin Frankie's*. —Hice una pausa—. ¿Entonces?

—Pues creo que deberíamos hacerlo —dijo Julia.

—¿Oswald? —le pregunté, aunque sabía que Julia ya había respondido por *él*.

—Cuenten conmigo. ¿Qué hacemos ahora? —preguntó.

—Voy a escribir la carta. Esta noche se las mando por MSN y podemos lanzarnos.

—¿Esta noche? —preguntó Julia, sonando sorprendentemente dudosa.

—No tiene caso esperar. Cuanto antes empecemos, más pronto terminaremos.

A reventar

—Es sólo que Oswald y yo íbamos a salir juntos —dijo Julia.

—Bueno, con un poco de suerte no estarán fuera toda la noche.

Capítulo seis

Me senté frente a la computadora. Tenía que escribir la carta que íbamos a enviar. Ya sabía lo que quería decir... más o menos, pero no con exactitud. Tenía que ser perfecta. El éxito o fracaso del proyecto entero dependía de lo que escribiera. Había estado pensando mucho en eso y sabía lo que quería escribir. Sólo tenía que ponerlo en palabras.

A reventar

Aquí va.

Hola, amigos.

Esta carta no es un mensaje basura y no estoy tratando de venderles nada. No quiero su dinero.

Quiero contarles algo e invitarlos a participar en algo grande.

Todos ustedes conocen los restaurantes Frankie's. Todos han comido en alguno. Lo que probablemente no sepan es que Frankie's es tal vez el peor lugar en el que podrían comer. Peor que todos los otros lugares de comida rápida, ¡porque es el único restaurante que no vende ninguna comida saludable! Vimos en clase un documental que se llama A reventar y nos enteramos de que la comida de Frankie's te hace engordar, afecta tu salud e incluso te enferma. La gente que dirige Frankie's regala juguetes y baratijas y organiza concursos para convencernos de ir a comer ahí. Es como si nos estuvieran poniendo una trampa para que comiéramos su comida.

Mis amigos y yo estamos cansados de que Frankie's abuse de nosotros, así que estamos proponiendo un boicot. Lo llamamos Viernes sin Frankie's: ¡un día en el que nadie come en Frankie's! Estamos pensando en hacerlo el viernes 13 de abril. Queremos que el viernes 13 sea un día de mala suerte para Frankie's.

Y necesitamos su ayuda para lograrlo. La idea es la siguiente: estamos enviando este mensaje a cuarenta personas de nuestras listas de contactos. Queremos que ustedes lo reenvíen a cuarenta personas de sus propias listas y que les pidan a ellas que lo reenvíen a cuarenta personas de sus listas personales y así sucesivamente. Si todos lo hacemos, es posible que lleguemos a millones y millones de personas y que al final hagamos *una diferencia. Podemos decirle a Frankie's: "Ya no nos engañas... ¡danos verdaderos alimentos para comer!".*

Leí toda la carta. Decía lo que yo quería decir y, según mi corrector ortográfico, ni siquiera había tenido errores. Sabía que Julia no iba a estar completamente satisfecha. Ella querría que usara palabras más fuertes, tal vez que dijera que la comida era veneno o algo así, pero decidí no hacerlo. Si no le gustaba, tendría que haberla escrito ella.

Copié el mensaje e hice clic en el ícono del MSN en la parte inferior de la página. Se abrió mi lista de contactos. Elegí a Oswald y a Julia y revisé todo el resto, decidiendo quién más recibiría el mensaje. Traté de escoger a los contactos que me imaginé que no estarían en las listas de Julia y Oswald, gente que estuviera lejos. Quería que el mensaje atravesara el país entero.

Listo: cuarenta contactos preparados para recibir el mismo mensaje. Era el primer paso. Lo único que quedaba por hacer era mandarlo. Mi dedo revoloteó sobre la tecla *Enter*. Después de apretar ese botón, el mensaje se habría ido y no habría forma de cancelarlo; sería proyectado hacia cuarenta direcciones diferentes y a cuarenta personas distintas. Algunas estaban sólo a la vuelta de la esquina y la mayoría en mi ciudad, pero varios mensajes iban a atravesar el país. En un instante.

Tal vez no significaría nada. Tal vez significaría mucho. Apreté *Enter*. Observé el pequeño ícono: "enviando correo". Parpadeó, parpadeó, parpadeó… bang: se había ido. Ahora lo único quetenía que hacer era esperar y ver qué pasaba.

Otra ventana de mensaje lanzó un pequeño trino al abrirse en la parte inferior de mi pantalla. Me estaba costando mucho acabar mi ensayo sobre "El poder de la Internet en la comunicación masiva", porque la gente de la Internet no dejaba de comunicarse conmigo.

Hice clic en la ventana y el mensaje se abrió por completo. Era mi amiga Barbie, de California. No podía ser más genial: se llamaba Barbie, decía que era rubia y que vivía en California. Lástima que no viviera en Malibú, porque eso habría sido perfecto… bueno, perfecto si mi nombre en la red hubiera sido Ken en lugar de I-Man.

hola, I-Man, cmo estás?
bien. viste mi msj sobre frankie's?, escribí.
visto y reenviado. 40 pnas.
thanx x hacerlo.

sabes si alguien + lo ha hecho?, me preguntó.

eres la # 6 q me ha respondido.

crees q funcione?, preguntó Barbie.

eso espero. TQI.

NV luego.

Era increíble. En sólo una hora, seis de las personas a las que había bombardeado me habían contestado. Incluyendo a Barbie, eran tres los contactos que habían reenviado mi mensaje enseguida a sus listas de contactos. Luego de chatear con las otras tres personas que habían respondido, las tres accedieron a hacer lo mismo. Eso quería decir que mi mensaje ya había llegado a al menos doscientas ochenta personas. ¡Y todo en una hora!

Revisé mi lista de contactos. Ni Oswald ni Julia estaban en línea. Seguramente todavía estaban en su cita. Juntos. Sin mí. Ahora que eran pareja hacían cosas solos. Antes, los tres parecíamos ser el número correcto. Extrañaba eso. Los extrañaba a ellos. Ahora yo hacía el mal tercio. No tenía caso ponerme a llorar. Yo era lo suficientemente listo como para saber que no iban a durar juntos para siempre. De hecho me sorprendía que hubieran durado tanto. El problema era que cuando esta cosa extraña de andar juntos se terminara, no podríamos recuperar jamás lo de antes. Eso se había acabado.

Capítulo siete

—¡Ian!

Me di la vuelta. Era Julia, corriendo por el pasillo y abriéndose paso entre la gente.

—Hola —dije, tratando de sonar normal.

—¿Revisaste tu MSN esta mañana? —me preguntó.

—No necesitaba revisarlo. Lo estuve usando hasta casi las tres de la mañana.

—Entonces ya sabes lo increíblemente rápido que todo está avanzando. ¿Sabes que *yo* recibí tu mensaje a través de *tres* personas distintas, de gente que había recibido tu correo y que después lo reenvió? ¡Y yo fui una de las personas a las que se lo mandaron!

—De hecho —dije con una sonrisa—, alguien ya me lo reenvió a mí.

—¡Estás bromeando!

Sacudí la cabeza.

—Rastreé su camino. Alguien que yo bombardeé se lo mandó a alguien más, que después me lo mandó a mí. No se fijó en mi correo electrónico al final del mensaje, que mostraba que era yo el que había empezado la cadena.

—¡Eso es genial! Una de las personas que me reenvió el mensaje es mi primo de Boston. Nadie de mi lista de contactos podría conocerlo, pero de alguna manera el mensaje llegó hasta él y después a mí de nuevo. ¡Es extraordinario! —chilló Julia.

—El poder de la Internet… como yo dije.

—No es que haya dudado de ti, pero esto es una locura.

Luché contra el impulso de decir que la verdad sí pensaba que ella había dudado de mí. Mantuve la boca cerrada.

—Es curioso —continuó Julia—, pero había pensado en incluir a mi primo en mi bombardeo para que pudiéramos llegar muy lejos.

—¿Qué película vieron tú y Oswald? —le pregunté.

—Una muy buena. Al menos *yo* pensé que era muy buena.

—¿Pero Oswald no?

—No conozco a nadie que tenga un gusto más espantoso que él cuando se trata de películas.

—Sólo porque a alguien no le guste lo mismo que a ti, no quiere decir que tenga mal gusto. Puede tener su propia opinión.

—Ya sé que puede tener su propia opinión. Sólo quisiera que no me la dijera durante la película.

—No entiendo —le dije.

—¿Te has fijado en que a Oswald le gusta hablar en el cine?... ¿hacer pequeños comentarios durante las películas? Bueno, pues le dije que era infantil y que no debería seguir haciéndolo —me explicó—. Y de algún modo eso nos hizo tener una pelea.

—¿En serio? —Estaba impresionado. Oswald era tan arrastrado que no creí que fuera capaz de discutir nada de lo que Julia decía.

—Sí. Se puso de mal humor y después ya no me hablaba, ni siquiera *después* de la película, y tuve que llamarlo por teléfono para arreglar las cosas. Al final se disculpó.

—¿*Él* se disculpó? —pregunté, incrédulo.

—Ya sabes, por hablar durante la película y por haber sido tan pesado después. A veces la verdad es que tengo dudas de él. —Hizo una pausa—. De nosotros.

—¿De qué tienes dudas?

—Sólo pienso… tal vez no te debería hablar de esto, porque Oswald también es tu amigo.

—Y el tuyo también, antes de que fuera tu novio —le hice notar.

—Lo que pasa es que eres la única otra persona cercana a la que le puedo contar lo que estoy pensando y que podría darme un consejo.

—Yo no —dije, levantando las manos—. No tengo nada que decir.

—Tú siempre tienes algo que decir —discutió.

—Y estoy aprendiendo muy rápido que a veces lo más inteligente que una persona puede hacer es no decir ni una palabra. Me tengo que ir a clase. Los veo a ti *y* a Oswald en el almuerzo.

Capítulo ocho

El día entero había pasado como un suspiro. Muchas personas (algunos conocidos, pero en general chicos que sólo había visto alguna que otra vez en la escuela) se me acercaron para decirme que habían recibido mi mensaje. En la escuela había corrido el rumor de que yo era I-Man, el chico que lo había empezado todo.

A reventar

Habían recibido el correo electrónico a través de amigos, familiares o de gente que apenas conocían. El mensaje había sido enviado por vecinos cercanos o por gente que vivía en la otra cuadra, del otro lado de la ciudad y en los rincones más alejados del país. Un chico me dijo que se lo había reenviado un amigo que vivía en Inglaterra… ¡en Inglaterra! De alguna manera, en menos de doce horas mi mensaje había cruzado el océano Atlántico y había rebotado de regreso. ¡Qué tal el poder de la Internet para la comunicación masiva!

Entré a casa a toda velocidad. Ni siquiera me detuve para buscar algo de comer. Más que hambre, tenía curiosidad. Bajé las escaleras corriendo, empujé la puerta de mi cuarto y me senté frente a la computadora. Moví el ratón y piqué el ícono de mi cuenta de correo electrónico. Quería ver si había recibido algún mensaje antes de entrar en línea y revisar lo que estaba llegando en ese momento por MSN.

La computadora hizo un clic... *conectando... revisando correo... recibiendo correo... recibiendo correo... recibiendo correo... recibiendo correo... recibiendo correo.*

¿Por qué estaba tardando tanto en descargar el correo? Miré la parte inferior para ver el número de mensajes que se estaban descargando. El número giratorio aumentaba sin parar... *127 mensajes... 149... 197... 216...*

Sentí que era mi cabeza la que comenzaba a girar. Me apoyé en el respaldo, como si necesitara poner un poco más de distancia entre la computadora y yo, y miré con asombro y maravilla que el número seguía aumentando y aumentando y aumentando... *374 mensajes... 410 mensajes.* No podía ser real. Tenía que ser un error, tal vez un virus o algo parecido. Se detuvo al fin.

678 mensajes no leídos.

¡Increíble! No sabía si debía estar emocionado, asustado o abrumado. Al final lo sentí todo a la vez. ¿Cómo podía ser posible que uno recibiera (y leyera) tantos mensajes? Entonces me di cuenta de que sólo había una forma de lograrlo. Hice clic en el primer mensaje.

I-Man. Buen trabajo. Frankie's es una porquería y vamos a hacer que sepan que los jóvenes tenemos el poder para acabarlos. ¡Eres lo máximo!

No era un mal primer mensaje. Era lo máximo. Hice clic en el siguiente.

Trabajo en Frankie's. Si piensas que la comida es mala para la salud, deberías ver lo que pasa en la cocina. Nadie escupe la comida ni nada como eso. Comer cosas escupidas sería mejor para los clientes. Créeme, nadie que trabaja aquí come aquí. Paz.

Ese mensaje era inquietante, aunque tranquilizador a la vez. Siguiente mensaje.

Qué diablos eres, un vegetariano fanático? x q no dejas de abrazar árboles y eres un hombre en serio y comes hamburguesas de verdad? tu email no debería ser I-Man debería ser I-girl!

Quería contestar esa nota, pero no tenía tiempo. Todavía me quedaban… miré la pantalla… todavía me quedaban *675 mensajes no leídos*. Entonces la computadora lanzó una campanada y comenzó a descargar más mensajes. Muchos mensajes nuevos, en negritas, llenaron la pantalla como un diluvio. Cuando miré otra vez el contador, decía *697 mensajes no leídos*. En el tiempo que me tomó leer tres cartas, me habían enviado veinte más. Tenía que leer más rápido.

—¡Ian, hora de cenar! —me gritó mi padre desde arriba.

—¡No tengo tiempo! —le contesté a gritos, con los ojos pegados a la pantalla y los dedos sobre el teclado. Ya llevaba casi tres horas trabajando. Había leído más de quinientos correos... e incluso había contestado unos cuarenta o cincuenta.

La buena noticia era que la mayoría de los mensajes eran para decirme que estaban de acuerdo conmigo y que iban a boicotear a Frankie's. Unas pocas personas estaban enojadas y unas cuantas más estaban simplemente locas.

La mala noticia era que ya habían entrado doscientos mensajes más. Tal vez no debería considerarlo una mala noticia. Era bueno, porque quería decir que más gente aún estaba planeando mantenerse lejos de Frankie's.

Alguien golpeó a mi puerta y volteé a ver.

—¿Puedo pasar? —Era mi padre.

—Claro... sólo que con cuidado.

La puerta se abrió unas pocas pulgadas, hasta que se atoró con una de las pilas de ropa que había en el suelo. Mi padre se apretujó por la abertura.

—¿Pasa algo? —me preguntó.

—Estoy bien.

—Pensé que era extraño que no fueras a cenar. ¿No tienes hambre?

—Sí, supongo que sí. Es sólo que no tengo tiempo para comer.

A reventar

—Eso no parece una tarea escolar —dijo, señalando la pantalla de correo.

—Sí es una tarea… o algo así. Tiene que ver con mi proyecto de ciencias computacionales sobre comunicación masiva a través de la Internet. Estoy contestando mi correo.

—¿Qué te parece si vienes a comer y después regresas a seguir con tu correo? —dijo.

—No creo que me alcance el tiempo. Esto es importante.

—¿Y si te traigo un plato y comes mientras trabajas? —sugirió.

—Eso sería genial.

—Le voy a pedir a tu madre que lo prepare y después *yo* lo traigo. —Hizo una pausa—. Si tu madre viera este lugar, perdería el apetito y se quedaría sin comer.

Mi padre se fue y yo volví a mi correo. Abrí otro mensaje.

Estimado señor:

Se nos ha informado que está promoviendo una campaña para organizar un boicot en contra de nuestro cliente, los Restaurantes de Comida Rápida Frankie's. Como abogados de la empresa, le manifestamos formalmente que sus acciones pueden tener como resultado una demanda por daños y perjuicios, tanto en términos de pérdidas económicas como de reputación. Aún más...

Dejé de leer, demasiado impactado como para seguir adelante. No era posible... ¡Frankie's me iba a demandar!

Capítulo nueve

—A ver, explícamelo de nuevo —dijo mi padre, que estaba sentado mirando el mensaje del bufete de abogados.

—Es por mi proyecto de ciencias computacionales —dije, tratando de escudarme con lo de mi tarea.

—¿Cómo podría un proyecto de la escuela hacer que un bufete de abogados que representa a una empresa internacional te envíe una carta amenazándote con presentar una demanda?

—Bueno, ¿te acuerdas de que mencioné aquel documental sobre el daño que nos hace la comida rápida?

Mi padre asintió.

—¡Esto es repugnante!

Volteé a ver qué pasaba. Mi madre estaba de pie en la puerta, mirando mi cuarto.

—¡Esto es increíble! —agregó.

—Tenemos problemas más grandes que este cuarto —dijo mi padre—. Pasa y siéntate.

—¿Sentarme? ¡No hay donde sentarse! Me da miedo contagiarme de algo…

—Entonces quédate parada, pero ve esto. El bufete de Smith y Evans le ha mandado una carta a nuestro hijo.

—¿Que ha hecho qué? —dijo mientras atravesaba el cuarto como chapoteando.

—Le enviaron a Ian un correo electrónico. Mira.

Mi madre se paró detrás de donde estábamos sentados mi padre y yo y miró la pantalla. Se inclinó y comenzó a leer.

—Baja un poco —dijo.

Hice avanzar la carta moviendo el ratón.

—Es una carta básica de parar y desistir. ¿Qué hiciste exactamente?

—Nada, en realidad.

Le expliqué entonces lo del documental y cómo se me ocurrió la idea del boicot y de propagarlo a través del MSN y la Internet.

—¿Y de verdad está funcionando? —preguntó mi padre.

—No sé lo del boicot, pero he recibido cerca de ochocientos correos electrónicos desde que mandé mi mensaje anoche.

—Increíble —dijo mi madre.

—Debe ser bastante creíble si Frankie's se preocupa tanto como para enviar esta carta.

—Pero, ¿van en serio?, ¿de verdad van a demandarme?

Ella sacudió la cabeza.

—No lo creo. —Miró a mi padre—. ¿Tú qué piensas, querido?

—Estoy de acuerdo. La intención de esta carta es amenazarte. Sólo para estar seguros, muéstranos lo que enviaste.

Moví el ratón y abrí la carpeta de enviados. Bajé sobre la lista, encontré la carta e hice doble clic para abrirla. Mis padres leyeron el mensaje.

—Aquí no hay nada que te pueda hacer responsable legalmente —dijo mi padre.

—Nada que yo pueda ver —concordó mi madre.

—Tenemos derecho a la libertad de reunión, así que no veo por qué podrías no tener derecho a no reunirte—dijo mi padre—. Puedes decidir no ir a un lugar si no quieres y también puedes sugerirle a otra gente que no vaya.

—Estoy de acuerdo —dijo mi madre—. No hiciste ninguna amenaza ni promesas, ni tampoco dijiste que estaban friendo gatos o sirviendo veneno. Aquí no hay nada que sirva de fundamento para una demanda.

—¿Entonces no van a demandarme? —pregunté esperanzado.

—Es probable que no —dijo mi madre.

—¿Probable? —pregunté.

—Nunca puedes saberlo con seguridad —dijo mi padre—, pero en lo personal, me encantaría que lo intentaran.

—A mí también —exclamó mi madre.

—¿Los dos quieren que me demanden?

—Por supuesto. ¿Te puedes imaginar los titulares?: "Gigante conglomerado multinacional demanda a chico de quince años"... ¡los aniquilaríamos! —dijo mi padre.

—Después de terminar con la contrademanda, nos quedaríamos con un buen pedazo de Frankie's —dijo mi madre.

—Pero de verdad que no creo que lleguemos a eso —dijo él—. Sólo para estar seguros, mañana voy a llamar a Smith y Evans y les voy a decir que estaríamos encantados de tener una batalla en los tribunales. Eso debería ser más que suficiente para hacer que lo pensaran dos veces.

—Gracias... muchas gracias —dije.

—Eso es lo que los padres hacen por sus hijos —dijo mi padre.

—Y ahora tú puedes hacer algo por nosotros —dijo mi madre.

—¿Qué? Lo que sea.

Mi madre sonrió e hizo un gesto que abarcaba el cuarto.

—¿No podría mejor dejar que me demandaran? —pregunté.

Capítulo diez

Metí un dedo por el cuello de mi camisa y lo estiré un poco. La tela era rígida y me daba comezón, y además el cuello era demasiado apretado. No entendía cómo alguien podía usar camisa y corbata en el trabajo todos los días.

Oswald se veía igual de incómodo que yo. Su corbata y su chaqueta no combinaban y le quedaban demasiado grandes. Parecía que su padre le había prestado la ropa. Julia se veía relajada… un poco distante, pero relajada. Al principio pensé que estaba enojada conmigo porque los había arrastrado a ella y a Oswald a la reunión con los abogados, pero después me di cuenta de que no era por eso. Julia pensaba que participar en la reunión y todo el asunto de ser amenazados por un bufete de abogados era, de hecho, estupendo. Lo que pasaba era que ella y Oswald habían tenido otro "malentendido". Así era como lo decía Julia, lo que significaba que quería que Oswald hiciera, dijera, pensara o incluso fuera algo diferente, y que él no estaba de acuerdo. Bien por Oswald.

A mí me hubiera gustado estar en algún otro lugar, en casi cualquier otro lado, antes que en la oficina de Smith y Evans. Por suerte, mis padres estaban ahí para "representarme".

A reventar

Julia y Oswald habían venido como "apoyo", ya que también estaban involucrados.

Mi madre y mi padre, vestidos con trajes sastre, estaban sentados frente a nosotros en la sala de espera. Si el lujo de la sala significaba algo, entonces era que el bufete tenía mucho dinero, y el hecho de tener mucho dinero significaba que probablemente eran muy buenos abogados y eso significaba... Me obligué a controlar los pensamientos de mi loca cabeza, porque estaba a punto de entrar en pánico y de ponerme a sudar y a gritar. No había motivo para asustarme.

—Pareces nervioso —me dijo Julia.

—Sí, un poco. ¿Y tú?

Sacudió la cabeza.

—No es a mí a la que están amenazando con una demanda.

—No van a demandar a nadie —dijo mi madre.

—Sólo es una reunión —agregó mi padre—. Y para ser completamente franco, siento más curiosidad que preocupación. —Miró su reloj—. Ya nos han hecho esperar casi diez minutos. Se suponía que la reunión iba a empezar hace cinco minutos. Tienen cinco más antes de que les digamos que nos vamos.

—¿Vamos a irnos? —pregunté, anonadado.

—Tal vez —contestó.

—Pero tal vez no —dijo mi madre—. Todo es parte del juego.

—Como mandar una carta de amenaza por correo electrónico —dijo mi padre.

Justo entonces, la puerta de la oficina se abrió y todos nos volteamos a ver.

—Eric, Anita, ¡qué gusto verlos! —exclamó un hombre mientras cruzaba la sala de espera y estrechaba las manos de mis padres.

A reventar

—Me sorprende que estés tan contento de vernos después de cómo acabamos contigo en la corte la última vez que nos vimos —dijo mi padre.

—El tribunal es el tribunal. Con suerte esta situación no será tan aguerrida.

Mi madre nos lo presentó: el Sr. Evans, uno de los socios del bufete. Era amigable… casi demasiado. Eso me puso aún más nervioso. El hombre nos condujo a una sala de juntas muy grande y elegante. Todos nos sentamos alrededor de la brillante mesa de madera.

—Tengo que reconocer que me decepciona un poco escuchar eso —dijo mi padre.

—¿Y por qué? —preguntó el Sr. Evans.

—Estaba muy entusiasmado con tener una batalla en la corte. ¿Te imaginas cómo podría haber terminado esto?

Mi madre lanzó una carcajada.

—Hubiera sido hermoso: Frankie's contra tres adolescentes. Justo la gente a la que quieren atraer. ¡Qué manjar para la prensa! Aun si hubiéramos perdido en los tribunales...

—Cosa que habría sido prácticamente imposible... —intervino mi padre.

—Esto hubiera generado tanta publicidad que el boicot de verdad habría funcionado —terminó mi madre.

—No habría sido agradable —dijo el Sr. Evans—. Tenía la esperanza de que mi sutil amenaza de iniciar una demanda hiciera desaparecer todo esto.

—Y eso habría pasado, si no la hubieras dirigido al hijo de dos abogados litigantes —dijo mi madre.

—Sí, eso fue de lo más desafortunado —dijo el Sr. Evans—. Sólo por curiosidad, ¿de quién fue la idea de hacer este boicot?

—Fue algo así como…

—Todo fue idea de Ian —dijo Oswald, interrumpiéndome.

Qué buena forma de apoyarme… con un cuchillo en mis costillas.

—¡Felicitaciones! —dijo el Sr. Evans con una gran sonrisa—. ¡Fue más que brillante!

—Eh… gracias —farfullé.

—El mensaje que escribiste fue perfecto. Expuso tu caso sin decir ni una sola mentira. No dijiste nada al estilo de que la comida era veneno.

—¿Entonces usted está de acuerdo con que la comida de Frankie's es mala para la salud? —preguntó Julia.

—Acepto que no es comida saludable y que comerla en cantidades industriales es una mala idea. Negar eso sería como decir que el cielo no es azul, cosa que nunca haría… a menos que me contrataran para probar que es verde.

—O tal vez de un tono azul verdoso —dijo mi padre. Los tres abogados se rieron.

¡Abogados! Si les pagas, están dispuestos a pelear por (o en contra) de cualquier cosa. ¡Y mis padres se preguntaban por qué no quería ser abogado!

—Bueno, no nos pediste que viniéramos hasta tu oficina sólo para hacernos un cumplido —dijo mi padre.

—No, los invité para hacerles una oferta.

—¿Qué clase de oferta? —preguntó mi madre.

Mis padres ya me habían explicado, de hecho nos habían explicado a los tres, que pedir algo de Frankie's podía interpretarse como que estábamos haciendo un chantaje. El término legal es "extorsión" y te pueden arrestar por eso. ¿Sería distinto si ellos me ofrecían algo sin que yo lo pidiera?

—Mi cliente está dispuesto a ofrecerles el almuerzo —dijo el Sr. Evans.

—¿El almuerzo?… Pero si apenas son las nueve de la mañana —dijo Julia.

—No el almuerzo de hoy ni tampoco sólo para ustedes cinco —dijo el Sr. Evans. Hizo una pausa, una de esas pausas muy largas que usan los abogados para provocar un efecto dramático. ¿Por qué no lo decía de una vez por todas?

—Frankie's les ofrece el almuerzo a todas y cada una de las personas de su escuela… el viernes 13.

—Es el día del boicot —dijo Julia.

—¿Qué mejor forma de mostrarle a toda la gente que la comida de Frankie's no es sólo comida *rápida*, sino *buena* comida.

—Eso es brillante —dijo mi padre con tono de admiración.

—¡No, no lo es! —espetó Julia—. ¡Es una jugada sucia!

—Ah, es las dos cosas —dijo mi padre—. Brillante y sucio. ¿Fue tu idea? —le preguntó al abogado.

—Me temo que no me puedo atribuir todo el mérito —respondió—. Claro que hay una trampa.

—Siempre hay una trampa —dijo mi madre—. Continúa.

—En respuesta a nuestra generosa oferta, le pedimos a su hijo que envíe un correo electrónico explicando lo que va a pasar. Además tiene que pedirles a todos sus contactos que envíen mensajes del mismo modo que cuando estaban haciendo el boicot.

—A ver, déjenme ver si entendí bien —dije—. Si mando un mensaje, ¿van a darle de almorzar a los mil quinientos chicos de mi escuela?

—Correcto.

—¿Y si no lo hago?

—Entonces me temo que no podemos ofrecer el almuerzo —dijo el

Sr. Evans—. No puede parecer como que estamos tratando de socavar tus esfuerzos por boicotearnos. Eso no sería ético.

—¡Pero sí están tratando de hacerlo y no están siendo éticos! —dijo Julia—. ¡Están tratando de sobornarnos!

—"Soborno" es una palabra muy desagradable —dijo el Sr. Evans—. Sólo estoy intentando ayudarlos a formarse una opinión.

—Mire —dije—, aun si yo quisiera hacerlo, ¿qué le hace pensar que puedo detener el boicot?

—Sí, es como si Ian hubiera prendido un fósforo que ha provocado un gigantesco incendio forestal. ¿De verdad cree que puede detenerlo todo con sólo enviar otro mensaje por correo electrónico? —preguntó Julia.

—Tal vez sí. Tal vez no. Lo único que queremos es que lo intente. Y supongo que también debería mencionar otra cosa. En este momento, algunos representantes de Frankie's están en una reunión con el director, el subdirector y el consejo estudiantil de su escuela y les están haciendo esta misma oferta de un almuerzo gratis.

—Así que el motivo de *esta* reunión era, entre otras cosas, tenernos aquí en lugar de en la escuela —dijo mi padre.

El Sr. Evans no contestó.

—Entonces, ¿tenemos un trato? —me preguntó a mí.

—¡Increíble! —dije entre dientes.

—No comprendo —dijo el abogado.

—Todo esto es increíble. Primero tratan de amenazarme. Después tratan de sobornarme. Y ahora hacen las dos cosas a la vez: tratan de sobornarme y me amenazan si no acepto el soborno.

—No me gusta pensarlo en esos términos —dijo.

—Eso es porque usted es abogado —dije.

A reventar

—¿Estás rechazando la oferta entonces? —preguntó el Sr. Evans.

Miré a mis padres en busca de consejo.

—Perdón, Ian —dijo mi madre—, pero es tu decisión. Tú lo empezaste todo y tienes que decidir cómo acabarlo.

—¿Y bien? —me preguntó el Sr. Evans.

—Bueno, no voy a contestar... no todavía... Tengo que pensarlo.

—Tómate el tiempo que quieras —dijo el abogado—. El trato está sobre la mesa los próximos dos días, hasta la hora de cierre de la oficina.

Capítulo once

—¡Ian!

Escuché que alguien me llamaba, pero no me detuve ni me volteé. Si ignoraba a quienquiera que fuera, tal vez se iría.

Había pasado la mañana entera con gente que se me acercaba para agradecerme por el almuerzo gratis que iba a dar Frankie's gracias a mí. O si no me decían que estaban "conmigo", que apoyaban el boicot y que estaban muy molestos porque Frankie's estaba tratando de sobornarnos con hamburguesas. El consejo estudiantil había hecho un buen trabajo informando a toda la escuela sobre la oferta de un almuerzo gratis.

Seguí caminando por el pasillo con la mirada al frente, poniendo salones y muchos chicos entre la persona que me llamaba y yo.

—Ian… ¡espérame!

Reconocí la voz: era Julia. Me detuve y miré hacia atrás. Julia venía corriendo por el pasillo con una gran sonrisa. Tenía una bonita sonrisa. No pude más que responder con otra.

—¿Te estás quedando sordo? —me preguntó.

—Audición selectiva.

—¿Y eso qué quiere decir?

—Estaba tratando de ignorarte.

—¿Estabas tratando de ignorarme? —me preguntó con tono herido.

—No a *ti*. No sabía que eras tú la que me hablaba, pero cuando reconocí tu voz me detuve. A los que quiero ignorar es a todos los demás de la escuela… si me dejaran.

—Te ha estado molestando mucha gente, ¿verdad?

—Toda la gente de la escuela —contesté.

—Siempre exageras —dijo Julia.

—La única que exagera eres tú, cuando dices que *siempre* exagero. La verdad es que se siente como si fueran todos.

—¡Muy bien, Ian! —me dijo un chico al pasar, dándome un golpecito en la espalda.

—Gracias.

—¿Quién era? —me preguntó Julia mientras el chico se alejaba.

—Ni idea.

—Al menos está de tu lado —dijo Julia.

—¿De mi lado cómo?

—Ya sabes, que apoya el boicot.

—Eso no es seguro —dije—. Tal vez me estaba agradeciendo porque Frankie's le va a dar un almuerzo gratis.

—Tienes que estar bromeando.

Sacudí la cabeza.

—Nop. Es como un cincuenta y cincuenta. La mitad de la escuela me apoya con lo del boicot y la otra mitad está feliz por lo del almuerzo gratis de Frankie's.

—Qué estúpido. ¿Esa gente cree de verdad que vas a dar el brazo a torcer por unas cuantas hamburguesas?

—De hecho, creo que mil hamburguesas con papas y refrescos es más que "unas cuantas".

—No importaría si se tratara de un millón de hamburguesas, porque sé que no sacrificarías tus principios. ¡Estoy orgullosa de ti! —dijo.

—¿En serio?

—Claro que sí. La mayoría de la gente se habría rendido, pero tú no.

—Gracias.

No tenía el valor para decirle que todavía no estaba completamente decidido en relación con lo que iba a hacer. De alguna forma, sin embargo, sus palabras tuvieron un impacto. Sí quería que se sintiera orgullosa de mí.

—Le estaba explicando a Oswald…

—¿Dónde está Oswald? —le pregunté.

—Quién sabe… y a quién le importa.

La miré con desconcierto.

—¿Tuvieron otro malentendido?

—De verdad que no quiero hablar de eso. Más vale que me vaya a clase —dijo Julia.

—Yo también. Nos vemos después.

Julia se apuró en una dirección y yo en la otra. No había dado más de una docena de pasos cuando alguien me puso una mano en el hombro.

A reventar

—¡Hola, qué tal!

Era Oswald.

—Julia se acaba de ir —dije.

—Ya sé… la vi.

—¿Ah, sí?

—Sí. Los vi hablando. Esperé a que ella se fuera —dijo Oswald.

—¿Por qué hiciste eso?

Se encogió de hombros.

—Lo que pasa es que siento que necesito un poco de espacio. A veces puede ser un poco fastidiosa.

—¿Un poco? —le pregunté.

Oswald lanzó una carcajada.

—Si te digo algo, ¿me prometes que no vas a decir "Te lo dije"?

—Perdón, pero no puedo hacer esa promesa.

—Bueno, como sea. Es sólo que estuve pensando que tal vez no fue una muy buena idea que Julia y yo empezáramos a salir juntos.

—¿Te parece?

—Está bien, está bien. Ya sé que me lo dijiste y que debí haberte escuchado, pero ya está hecho.

—Entonces, ¿vas a romper con ella? —le pregunté.

—Lo haría, pero le tengo un poco de miedo.

Esta vez sí me reí.

—¡Me alegra ver que te parece tan gracioso!

—Bueno, *sí* es gracioso. ¿Qué crees que te haría?, ¿agarrarte a golpes? —le dije.

—No... supongo que no. Es sólo que sería más fácil que fuera ella la que rompiera conmigo.

—Tengo una idea de cómo podrías lograr eso.

—¿De verdad?

—Sí. Sólo dile que piensas que yo debería tratar de cancelar el boicot y conseguir hamburguesas para todos.

—¿Crees que eso va a funcionar?

—Tiene bastante claro que quiere el boicot.

—Entonces claro que podría decirle eso. —Hizo una pausa—. ¿Te parece que podrías decírselo tú por mí?

—En serio que tienes miedo. Perdóname, pero no voy a hacer tu trabajo sucio.

—Supongo que es lo justo. Además, ni siquiera sería una mentira lo que dijiste del boicot —dijo Oswald.

—¿Ah, no?

—Si fuera por mí, simplemente escribiría otro correo electrónico. No le veo nada malo a que todos tengamos un almuerzo gratis.

—Si eso es lo que crees, Oswald, entonces es lo que deberías decirle a Julia. Pero ten cuidado: es posible que te lance un golpe.

—Puedo vivir con eso. Gracias por la idea. Nos vemos más tarde.

—Sí, nos vemos.

La campana sonó en ese instante. Era oficial que estaba llegando tarde a clase. Si llegas justo después de la campana, casi todos los maestros te dejan pasar. Por desgracia, este maestro no era uno de ellos: estaba llegando tarde a la clase de derecho del Sr. Phillips, el profesor que me había suspendido. Y él tenía la regla más idiota del mundo: si ya había sonado la campana y la puerta estaba cerrada, debías "hacer un alegato". Tenías que declarar que eras "culpable" de llegar tarde y ser enviado a la oficina por una tarjeta de retardo o alegar que "no eras culpable"; entonces él, como el "juez", decidiría si te admitía en clase o te mandaba a la oficina. ¿Qué podía ser más estúpido que eso?

Di la vuelta al final del pasillo, justo a tiempo para ver que se cerraba la puerta del salón. Eso resolvía el asunto. Tenía una muy buena excusa, pero no iba a jugar su juego. Iría directamente a buscar una tarjeta de retardo.

—¡Hola, I-Man! —me llamó una voz detrás de mí.

Me di la vuelta. Había cinco tipos caminando hacia mí. Los conocía. Todo el mundo los conocía. Era el grupo principal de una pandilla de buenos para nada: unos chicos que estaban haciendo de la escuela una carrera, en lugar de un proyecto de cuatro años. Tal vez se imaginaban que si se quedaban por ahí el tiempo suficiente la escuela tendría que darles el diploma por compasión, o que llegarían a ser tan viejos que automáticamente se convertirían en maestros.

Avanzaron por el pasillo arrastrando los pies y los pocos alumnos que todavía andaban por ahí se quitaron de su camino. Los cinco se pararon justo frente a mí... bueno, medio de frente y de lado, y uno de ellos se movió para quedar a mi espalda. Estaba rodeado.

Me sentí incómodo y con un poco de miedo.

—Así que oímos que tú eres el que nos está consiguiendo a todos un almuerzo gratis —dijo Tony, el más grande de los tipos duros.

—Eh, sí, supongo, tal vez.

—¿Tal vez? ¿Qué significa eso? —me preguntó.

—Lo que pasa es que todavía no he decidido qué voy a hacer —dije tímidamente.

Todos parecían confundidos.

—Lo que pasa es que sólo van a dar el almuerzo si acepto enviar un correo electrónico para pedir que nadie apoye el boicot —expliqué.

—Pues claro. No podrías pedirle a la gente que apoyara un boicot cuando todos en la escuela están comiendo su comida.

—¡Entonces lo entiendes! —dije, esperanzado.

A reventar

—Entiendo súper. Entiendo que si no como me pongo de mal humor y que cuando me pongo de mal humor no se puede saber lo que va a pasar.

Tony se lanzó de repente, me agarró de la camisa y me golpeó contra los casilleros. Se me acercó mucho. Sus amigos también se acercaron.

—¡Nadie me quita una comida gratis! —aulló Tony.

—Yo... yo podría comprarte un almuerzo —balbuceé.

Tony soltó mi camisa, pero no se movió. Sonrió. No, no era una sonrisa, era una mueca de desprecio.

—Debes ser un tipo de lo más rico —dijo.

—Una hamburguesa con papas y refresco cuesta menos de cinco dólares.

—Ajá, pero son cinco dólares por veinte que somos nosotros. ¿Crees que voy a comer sin mi pandilla? ¿Nos vas a dar de comer a todos? ¿Tienes doscientos dólares?

—Cien dólares —dije, haciendo el cálculo en mi cabeza.

—Cien, doscientos, ni me importa, porque yo no voy a comprar los almuerzos. Y que lo sepas, más vale que nos den de comer ese día o alguien va a tener un serio dolor de panza.

Levantó un puño y lo acercó a pulgadas de mi cara. Era increíble. Justo ahí, justo en ese momento, ¡me iban a dar una paliza!

—¡Oigan!

Todos nos dimos la vuelta. Era el Sr. Phillips. Su puerta estaba abierta y caminaba hacia nosotros. Nunca creí que pudiera alegrarme de verlo.

—Todos ustedes, a clase. ¡Ahora!

Tony no se movió. Miró al Sr. Phillips y después a mí. Entonces sonrió.

—Luego nos vemos… para almorzar. No te olvides de traer tu cartera.

A reventar

Tony y sus amigos se alejaron tranquilamente por el pasillo mientras el Sr. Phillips se me acercaba. Yo me quedé parado, todavía temblando, demasiado aturdido como para moverme.

—¿Estás bien? —me preguntó.

Asentí.

—¿Se trata de otro ejemplo de tu centelleante personalidad, de tu capacidad para hacer amigos e influir a la gente? —me preguntó.

—¡Yo no hice nada! —protesté.

—Entonces seguro que tiene que ver con todo ese asunto de Frankie's.

—¡Así es! —dije.

Sacudió la cabeza con lentitud.

—Son unos genios.

—¿Qué quiere decir? —pregunté a la defensiva.

—Tú haces algo perfectamente legal para complicarles la vida y a ellos se les ocurre otra cosa, también perfectamente legal, para complicártela a ti.

—Para hacerme la vida imposible —dije.

—Acabábamos de empezar a hablar de esta situación en clase (la clase a la que estás llegando tarde) cuando noté que no estabas ahí y alguien dijo que te había visto en el pasillo.

—No fue mi culpa.

—Te creo. Tu boicot ha sido el tema de mi clase todo el día. Es asombroso cómo ha dividido a la escuela. Sin importar lo que hagas, sin importar lo que decidas, la mitad de los estudiantes van a estar enojados contigo.

—En eso tiene razón. En cualquier caso termino mal. No puedo ganar de ninguna manera.

—Tal vez la lección que resulta de todo esto es que si te pones a pelear con los chicos grandes, más vale que estés preparado para que te golpeen los chicos grandes. Debes estar deseando no haber empezado todo esto —dijo.

A reventar

—Tiene razón.

El Sr. Phillips me miró.

—¿Y si te pudiera mostrar una forma de solucionarlo?, ¿una forma en la que no puedes perder?

—Eso es imposible —me burlé.

—¿Quieres oír mi idea o no?

No respondí de inmediato.

—¿Y bien?

—Quiero oír su idea —contesté al fin.

Capítulo doce

Me asomé por las cortinas del escenario y vi cómo toda la escuela llenaba lentamente el auditorio. Traté de distinguir las caras familiares de Julia y de Oswald, pero no pude encontrarlos. Tampoco vi a mis padres. Sabía que mis amigos iban a estar ahí, pero era bastante probable que mis padres no fueran. Tenían una audiencia preparatoria para un juicio y era posible que no terminaran a tiempo.

—Buenas tardes, Ian.

Di un salto, porque estaba concentrado en mis pensamientos. Era el Sr. Evans. Estaba sonriendo y extendía la mano para saludarme.

—Fue muy amable por parte de tu escuela invitarme hoy —dijo—. ¿Tengo que agradecértelo a ti?

—No a mí. Fue el Sr. Phillips… mi maestro de derecho.

—Tendré que darle las gracias —dijo—. Como vocero de Frankie's, lo único que podemos pedir es que se nos dé la oportunidad de presentar nuestro mensaje.

Lo que quería decir es que estaba contento de tener la ocasión de lavarle el cerebro a toda la gente de la escuela.

—Veo que sólo hablaremos tú y yo —dijo el Sr. Evans levantando el programa—. Yo primero y después tú. ¿Ya sabes lo que vas a decir?

—Tengo una idea general —dije. Lo que me guardé para mí fue que me había pasado casi toda la noche en vela escribiendo y ensayando mi discurso.

—¿Quieres que lo revise? Tal vez puedo ayudar, darte algunas sugerencias.

—No, está bien. Creo que es mejor si sale sólo de mí.

Se imaginaba que lo habíamos invitado para anunciar formalmente que tendríamos un almuerzo gratuito y que yo cancelaba el boicot. Eso es lo que él creía, pero no saberlo con certeza lo estaba carcomiendo.

—Dicen que siempre se tiene que dejar al mejor orador para el final —dijo el Sr. Evans—. Más vale entonces que tu discurso sea muy bueno.

Pude ver sus intenciones. Estaba tratando de afectarme, de ponerme nervioso. Yo ya estaba nervioso, pero el hecho de que él intentara empeorarlo estaba teniendo el efecto contrario. En lugar de sentirme más nervioso, cada vez me sentía más enojado.

—He oído que la mayoría de la gente odia hablar en público —siguió el Sr. Evans—. ¿Y tú?

—He oído lo mismo.

—Quiero decir, ¿cómo te sientes *tú* por tener que pararte al frente del escenario y dirigirte al público? ¿Te pone nervioso?

—¿Por qué me podría poner nervioso? —pregunté, tratando de sonar tranquilo y controlado… justo como en realidad no me estaba sintiendo.

—Para empezar, te vas a presentar frente a toda la gente de tu escuela y cada una de esas personas va a escucharte… los chicos con los que tratas en tu escuela todos los días… muchos extraños… tus maestros… tus mejores amigos… tal vez también esa chica que te gusta.

La imagen de Julia apareció en mi mente. Pero eso pasó porque era una amiga cercana, no porque me gustara.

—Y si cometes algún error, aunque sea pequeño, eso es todo lo que escucharán, lo único que van a recordar y de lo que van a hablar durante días, incluso semanas —continuó.

Qué miserable. ¡Qué maldito, increíble, estúpido miserable!

—No lo había pensado —dije, tratando de esconder mi nerviosismo y mi furia a la vez—. Pensaba que era *usted* el que tendría que estar nervioso.

—¿Yo? —me dijo con tono de burla.

—Sí. Yo sólo soy un chico —dije, encogiéndome de hombros—. Si digo alguna estupidez, nadie va a sorprenderse. Casi es como si se *esperara* que metiera la pata, pero con usted es diferente. Si usted no es perfecto… ¡vaya!, incluso si *es* perfecto pero el boicot ocurre de todas formas, la gente de

Frankie's va a estar muy enojada con usted. ¡Es posible que lo despidan a usted y a su bufete! Tal vez el de mis padres pueda hacer una oferta para sustituirlos.

No dijo ni una palabra. Su única respuesta fue enrojecerse. No parecía amistoso. Parecía molesto, hasta un poco enojado. Me asomé otra vez por la cortina.

—¿Podrían sentarse todos, por favor? —anunció el Sr. Phillips desde el podio—. Quisiéramos comenzar.

El ruido del auditorio empezó a disminuir. Muy pronto todo quedó en silencio.

—Nos hemos reunido hoy, la escuela entera, para escuchar una propuesta especial —dijo el Sr. Phillips—. Tenemos aquí, para explicar los detalles de la propuesta, al Sr. David Evans, socio del bufete legal que representa a los restaurantes Frankie's. Por favor, démosle la bienvenida a nuestro invitado.

El público empezó a aplaudir y el Sr. Evans atravesó el escenario. Le estrechó la mano al Sr. Phillips y después se inclinó y le dijo algo al oído; probablemente le estaba dando las gracias, como dijo que haría. Entonces se acomodó tras el podio, ajustó el micrófono y esperó a que todos estuvieran en silencio antes de comenzar.

—Es un verdadero placer estar aquí con ustedes —dijo—. Sé que hay muchos estudiantes entre el público que son miembros de la familia Frankie's, es decir que están entre sus *123 000* empleados en todo el mundo.

El Sr. Evans tenía razón. Yo conocía a siete chicos que trabajaban en Frankie's y eso que sólo conocía a una cuarta parte de los alumnos de la escuela.

—Estos asociados no sólo tienen la oportunidad de desarrollar aptitudes laborales y de ganar dinero —continuó—, sino que además son candidatos para ganar becas universitarias. Cada año, Frankie's ayuda a mandar a cientos de alumnos a la universidad y a institutos de educación terciaria. Eso es sólo una de las muchas cosas que hacemos por nuestra comunidad. En nuestra industria somos líderes en términos de reciclaje de cartón y plástico. Apoyamos a numerosas instituciones de beneficencia y equipos de deportes locales. Somos un buen corporativo ciudadano. —Se desenvolvía como pez en el agua—. Ahora bien, a veces una compañía tan grande como la nuestra puede ser acusada de cometer errores. ¿Hay alguien aquí que jamás haya sido acusado de hacer algo mal?

Hizo una pausa.

—Uno de sus compañeros de clases —dijo—, un estupendo joven que va a dirigirse a ustedes después que yo, comenzó una cadena de mensajes de correo electrónico destinada a crear un boicot de un día. No es que queramos que eso suceda, pero aplaudimos su imaginación y sus esfuerzos. Lo único que quería era hacer una diferencia, exactamente igual que la gente de Frankie's está tratando de hacer una diferencia.

El Sr. Evans recorrió el auditorio con la mirada.

—Nosotros, en Frankie's, estamos con ustedes —continuó—. Ustedes son importantes para nosotros y nos importa lo que piensan de nuestra compañía. Es por eso que hemos hecho una oferta. Permítanme exponerla de nuevo: la semana próxima, el viernes 13, queremos traer a su escuela un almuerzo completo de Frankie's, ¡para todos y cada uno de los alumnos y el personal! Y recuerden, Frankie's es más que

A reventar

sólo comida rápida: ¡Frankie's es su amigo!

El público estalló en ovaciones, gritos y aplausos. No quedaban muchas dudas acerca de cómo se sentían todos. Tal vez ni siquiera tenía sentido que yo hablara. Tal vez simplemente tendría que acercarme, agradecerle al Sr. Evans y acabar con el asunto.

—¡Gracias a todos! —dijo el abogado. Le estrechó la mano al Sr. Phillips y dejó el escenario mientras la gente seguía aplaudiendo.

Me sonrió.

—Ya escuchaste cómo reaccionaron —dijo—. No creo que *yo* tenga nada de qué preocuparme. Adelante, diles que vas a renunciar al boicot… haz feliz a todo el mundo. —Hizo una pausa—. Y no te pongas nervioso.

Capítulo trece

En un instante pasé de estar nervioso a estar enojado. El Sr. Evans lo estaba saboreando: estaba disfrutando aniquilarme, detener el boicot y defender a su precioso cliente. Tuve que luchar contra el impulso de sacarle de un golpe esa sonrisita de satisfacción de la cara.

—Y ahora —anunció el Sr. Phillips—, démosle por favor la bienvenida a uno de los nuestros, uno de mis mejores alumnos, ¡Ian Cheevers!

La multitud empezó a aplaudir y a gritar y sentí que mis rodillas se volvían de gelatina. Me quedé helado en mi sitio.

—Más vale que vayas —dijo el Sr. Evans.

Sus palabras me hicieron salir de mi aturdimiento. Comencé a caminar por el escenario. Las luces eran brillantes y por un segundo sentí que me cegaban. Enfoqué la mirada en el Sr. Phillips. Me ofreció la mano y nos las estrechamos mientras la gente seguía aplaudiendo. Creo que escuché a Julia gritar mi nombre.

—Sólo di lo que tienes que decir —me susurró el Sr. Phillips al oído—. Y recuerda: *no puedes* perder.

Lo miré a los ojos. Tenía razón. No podía perder.

Me paré tras el podio y miré al público. Me concentré en las primeras filas, llenas de chicos y de maestros: gente que ya había visto antes, personas que reconocía y otras que eran completamente desconocidas para mí. Ya no había aplausos. La sala estaba en completo silencio, esperando a que comenzara.

Me incliné hacia el micrófono.

—Hola —empecé y mi voz se quebró enseguida. Respiré hondo—. Sólo quería comenzar diciendo... diciendo que son todos unos *estúpidos*. Todos ustedes son una bola de *estúpidos perdedores* que cualquiera puede engañar y confundir.

Después de un aturdido silencio, ¡la gente empezó a abuchearme! Me alejé del micrófono y los abucheos continuaron.

El Sr. Phillips caminó hasta el podio y levantó las manos para acallar a la multitud.

—Por favor, dejemos que nuestro orador continúe.

Todo se quedó otra vez en silencio, pero esta vez era un silencio furioso.

—Sigue —me dijo el Sr. Phillips en un susurro.

—No soy *yo* quien piensa que todos ustedes son estúpidos y no soy yo quien piensa que son unos perdedores: los que lo creen son Frankie's y el Sr. Evans. De hecho, piensan que yo también soy un estúpido perdedor. Ellos consideran que todos somos unos estúpidos. ¿Cómo lo sé? Ellos dicen que son líderes en reciclaje, pero todos sabemos que una importante fuente de basura en las calles y en los vertederos son los restaurantes Frankie's. Ellos dicen que ustedes les importan, pero en lugar de alimentarlos con buenos platillos, les sirven la comida menos saludable de la industria. Ellos dicen que les importa la gente que trabaja para ellos, pero lo cierto es que les pagan el salario mínimo y no les dan prestaciones. ¿Por qué lo hacen? Porque la verdad es que lo único que les importa es el dinero. Pueden ganar más dinero vendiendo refrescos que ofreciendo jugo de naranja. Pueden ganar más dinero vendiendo hamburguesas y papas que vendiendo fruta y ensaladas. Lo que les importa es ellos mismos, les importa el dinero que pueden conseguir.

Tomé aire.

—Durante años los han engañado para que coman en sus restaurantes. Les han ofrecido juguetes de plástico, concursos y áreas de juegos para lograr que entren a sus locales y que coman su comida. Y hoy los quieren engañar de nuevo. Tal vez "engañar" no sea la palabra correcta. "Sobornar" lo describe mejor. Se imaginan que como somos una bola de adolescentes, no tenemos cerebros ni integridad. Se imaginan que si nos ofrecen un almuerzo de Frankie's, haremos lo que ellos quieran y no lo que deberíamos hacer. Se imaginan que pensamos con nuestros estómagos y no con nuestros cerebros. —Hice una pausa—. El próximo viernes no voy a comer en Frankie's. Eso es lo que yo he decidido. Pero no estoy aquí para decidir por ustedes. No estoy aquí para tratar de engañarlos o para tomar la decisión en su lugar. Eso depende de cada uno de ustedes. Estoy aquí para asegurarme de que tengan el poder de tomar esa decisión. Ya escucharon al Sr. Evans y ya me escucharon a mí. Ahora queda en sus manos.

El Sr. Phillips caminó hasta el podio.

—¿Podríamos por favor encender las luces de la sala? —dijo.

El auditorio se hizo visible conforme se encendió fila tras fila de las luces en el techo. Examiné a la multitud. Vi a mucha gente que conocía: todos mis compañeros de ciencias computacionales se habían sentado en grupo, el director estaba a un lado de ellos ¡y Julia y Oswald estaban juntos! Julia levantó los brazos para saludarme y yo le respondí con un gesto. Me dirigió una enorme sonrisa. Parecía tan feliz. ¿Sería porque ella y Oswald habían solucionado su pelea más reciente o por lo que yo había dicho?... ¿Se sentiría orgullosa de mí?

¡Caramba!, ahí estaba yo, de pie frente a toda la escuela, haciendo lo que tal vez sería lo más importante que haría en mi vida y estaba preguntándome en qué estaría pensando Julia. Tal vez la verdad era que *sí* me gustaba.

—Hoy tienen ustedes una oportunidad única —comenzó el Sr. Phillips—. Son jóvenes inteligentes y bien informados. Hoy serán los jueces o, más precisamente, el jurado. Ustedes van a votar. Tienen dos opciones: pueden apoyar el boicot o votar por el almuerzo gratis de Frankie's. Las reglas son simples: una persona, un voto. La mayoría gana. Si votan por el almuerzo, Ian ha accedido a tratar de cancelar el boicot.

Asentí con la cabeza.

—La forma de votar es la siguiente: si apoyan el boicot se pondrán de pie. Si quieren el almuerzo se quedarán sentados. —Volteó a verme—. ¿Algo más, Ian?

—No, nada.

—Muy bien, a la cuenta de tres queremos que se levanten o se queden sentados. Una…

Sentí un hormigueo en todo el cuerpo.

—Dos…

Respiré hondo.

—¡Tres!

Julia prácticamente saltó de su asiento, igual que docenas y docenas de otras personas. Enseguida se levantó toda una fila y varios grupos por uno y otro lado del auditorio. Traté de hacer un cálculo veloz... ¿había más gente sentada o de pie? Mientras trataba de averiguarlo se levantó más y más gente, y entonces unos cuantos chicos empezaron a treparse a sus asientos, vitoreando, chiflando y aplaudiendo. El ruido era ensordecedor. Recorrí con la vista el auditorio entero... más y más y más gente se levantó, ¡hasta que no quedó ni una sola persona sentada!

El Sr. Evans regresó al escenario y se paró a mi lado.

—De verdad que eres hijo de tus padres —me gritó al oído.

—Lo tomo como un cumplido.

—Eso quise que fuera. Supongo que vas a ser abogado cuando crezcas.

—¿Quién sabe? —dije y me encogí de hombros. La verdad es que había sido emocionante estar ahí arriba y presentar mi caso.

A reventar

—Cuando seas abogado, ¡ven a verme y tendrás un empleo!

—Gracias, pero creo que estaré trabajando para otro bufete.

—Ven a verme. Mejoraré la oferta que te hagan tus padres.

Capítulo catorce

Sostuve el teléfono contra mi oído. Mientras me tenían en espera, sonaba música de ascensor. Mis padres miraban la TV al otro lado de la habitación, sentados en el sofá. Estaban viendo *Good Morning New York!*

—¿Estás ahí, Ian? —preguntó una voz.

—Aquí estoy.

A reventar

—Muy bien. Sigues tú.

—No me voy a mover de aquí —dije.

—Y ahora, en el teléfono —dijo la voz del presentador de TV—, tenemos a un joven que ha creado una gran controversia. Tiene quince años y vive en Nueva York. Su nombre es Ian Cheevers. Para quienes no saben nada de él, es el joven que comenzó un boicot contra Comidas Rápidas Frankie's. ¿Estás en la línea, Ian?

De repente su voz llegó por el teléfono. Me sobresaltó.

—Sí… sí, aquí estoy.

—Pues bien, todos sabemos que comenzaste el boicot después de ver la película *A reventar*. ¿Cómo tuviste la idea de usar la Internet?

—Fue parte de un proyecto escolar sobre comunicación masiva —contesté—. Tuve la idea de repente y se la comenté a mis amigos, Julia y Oswald.

—¿Y ellos estuvieron a favor? —preguntó.

—Pensaron que era genial.

—Y entonces, todo empezó con que tú enviaste cuarenta correos electrónicos y les pediste a ellos que cada uno enviara cuarenta correos a sus propios contactos, que a su vez lo reenviaron a cuarenta personas más.

—Así empezó y después sólo siguió creciendo, volviéndose cuarenta veces más grande cada vez que la gente enviaba sus propios mensajes —expliqué.

—¿Cómo te sientes en relación con los resultados? —preguntó.

—¿Qué quiere decir?

—Nuestros informes indican que, a nivel nacional, las ventas de Frankie's bajaron casi un cuarenta por ciento, mientras que en ciertas áreas, como Nueva York y Los Ángeles, hoy se desplomaron casi un sesenta por ciento.

A reventar

—¡Guau! —murmuré.

—"Guau" es lo correcto —dijo el presentador riendo.

—Pero no lo hice para afectar sus ventas —dije—. Lo hice para enviarles el mensaje de que tienen que cambiar su menú para promover una alimentación más saludable.

—¿Y te parece que comprendieron el mensaje? —me preguntó.

—No lo sé. Lo que sí sé es que podemos hacer esto otra vez el próximo viernes y después el viernes que sigue y el siguiente.

—Eso parece una amenaza —dijo.

—No, no es una amenaza. Es una promesa.

El hombre volvió a reír.

—Hay algo que me da curiosidad, ¿qué piensas de nuestro programa?

—Me gusta.

—Qué bien. No quisiera que te enojaras con nosotros. Te agradezco que hayas estado en nuestro programa, Ian.

—Gracias —dije.

La línea quedó en silencio y colgué el teléfono.

—Y en una historia relacionada —siguió el presentador en la TV—, Comidas Rápidas Frankie's ha convocado una conferencia de prensa para mañana. Sé por una fuente confiable que anunciarán una revisión de su menú para incluir opciones saludables.

—Felicidades, Ian, parece que sí conseguiste los resultados que querías —me dijo papá.

—No fui yo nada más. Yo sólo lo comencé.

—Todas las ideas de la historia comenzaron con una sola persona. Felici...

Sonó el teléfono. Lo contesté.

—¡Muy bien, Ian! —Era Julia.

—Salió bien —dije, tratando de practicar para sonar modesto.

—No seas tonto. Tienes que estar feliz.

—¿Así que ahora me dices a *mí* cómo me tengo que sentir? —le pregunté.

—Bueno, ya no se lo puedo decir a Oswald.

Los dos habían terminado formalmente la semana anterior. Fue como una eutanasia.

—¿Quieres ir al cine esta noche? —me preguntó Julia.

—Sí, claro. ¿Qué quieres ver?

—Decide tú —dijo.

—¿Yo? Tal vez lo deberíamos decidir los tres. ¿Quieres que yo llame a Oswald?

Se hizo un silencio.

—En realidad no. Todavía las cosas son bastante incómodas entre nosotros. Estaba pensando que podríamos ir sólo tú y yo.

—¿Me estás pidiendo una cita?

—¡No te hagas ilusiones! —espetó—.
¿Quieres ir o no?

—Supongo que sí. —Hice una
pausa—. Sólo por curiosidad, si *yo* te
invitara, ya sabes, a salir, ¿qué dirías?

—Depende —dijo.

—¿De qué?

—De qué quisieras hacer. Por
ejemplo, si me invitaras al cine, es
probable que dijera que sí.

Respiré hondo y sentí que mi corazón
latía con fuerza. Podía hacerlo.

—Julia, ¿te parece que esta noche,
tú y yo…?, ¿te parece que tal vez
podríamos ir juntos a ver una película?

El teléfono quedó en silencio.

—Una película… eso suena muy bien.